http://www.bbulmedia.com

제왕 아틸라

제왕 아틸라

Emperor Attila

BBULMEDIA FANTASY STORY

이충민 퓨전 판타지 소설

1

뿔미디어

Contents

프롤로그

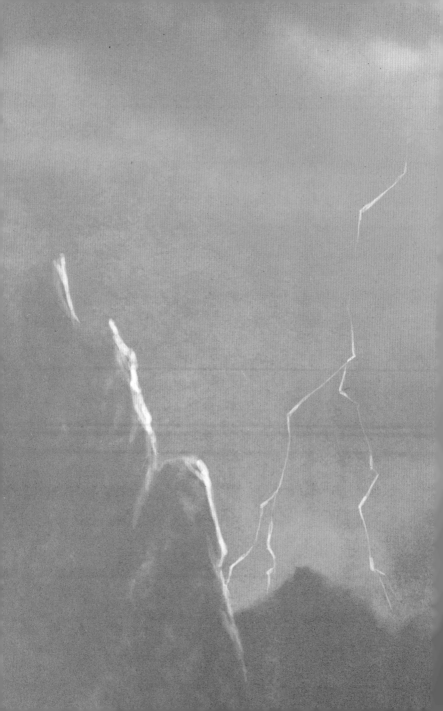

하늘이 유난히도 붉었다.

짙은 혈향이 이제는 익숙해질 정도로 진동했다.

주위엔 피를 흘리며 죽어 가는 사람들이 보였다.

그리고 썩어 가는 시체들도⋯⋯.

몇 날 며칠간 계속되는 전쟁.

그 전쟁이 이제 끝을 보이고 있었다.

"으음⋯⋯."

로마의 장군 에이시우스(Aetius)는 침중한 표정으로
앞을 바라보았다.

병사들이 뾰족하게 세운 창으로 동그랗게 원을 형성하
고 있었다. 안에 한 남자가 포위되어 있다. 남자의 모습은

경악스러울 정도로 처참했다.

화살이 빽빽이 박혀 들어가 사람인지 고슴도치인지 구분조차 안 간다. 화살뿐인가? 칼, 도, 창, 도끼……. 병기란 병기는 모조리 박혀 있었다.

그러나 사내는 거칠어진 호흡을 뱉어 낼 뿐.

절대로 쓰러지지 않았다.

마치 신화에서나 나오는 불사신의 모습을 보는 듯했다.

기세 높던 로마의 정예병들도 모두 공포에 질렸다.

단 한 명.

고작 한 명을 죽이지 못해 오만에 달하는 병사들의 사기가 땅을 치고 있었다.

"아틸라……. 정녕 당신은 악마란 말이오?"

훈족의 지배자, 아틸라.

그는 마왕이나 진배없는 존재였다. 로마에선 그를 악마라 불렀고, 세상 모든 이들이 신의 징벌이라 불렀다. 수많은 야만족들을 하나로 합쳐 스스로가 세상의 절대자임을 자처하는 아틸라의 힘 앞에 로마도 별 힘을 쓸 수 없었다.

하지만 에이시우스는 불세출의 영웅이었다.

온갖 계략과 수많은 전투, 그리고 병사들의 희생으로 말미암아 아틸라를 이렇게 낭떠러지 끝까지 몰아붙일 수 있었다.

그러나 여기서 문제였다.

아틸라는 정말 악마라도 되는 양 죽지 않았다.

"크흐흐흐! 그래, 악마가 되어 주마!"

아틸라가 잔혹한 웃음소리를 흘리더니 이내 땅을 박찼다.

순식간에 하늘 높이 뛰어오른 아틸라는 거세게 도끼를 휘둘렀다.

푸아아악!

"끄아악!"

허공에서 일은 에너지장은 거침없이 병사들을 짓이겼다.

아틸라는 연이어서 도끼를 휘둘렀다. 한 번 휘두를 때마다 무시무시한 파괴력을 지닌 에너지장이 병사들의 목숨을 앗아 갔다.

가공할 능력이었다.

"으으으으!"

"악마야! 악마!"

병사들은 아틸라의 악마 같은 무위에 몸서리쳤다.

죽어 가는 병사들의 눈동자에는 처절한 공포가 어려 있었다.

악마!

그 어떤 신앙으로도 막을 수 없는 현세에 지옥을 도래시킨 악마!

믿지 않았다. 과장된 이야기라 믿었다. 영웅이라 칭송받는 에이시우스마저도 그랬다.

한데…….

에이시우스는 그 말을 믿을 수밖에 없었다.

사탄의 현신이라도 된단 말인가. 촌각의 시간에 죽어간 병사의 수가 수백에 이른다. 분명히 위험에 처한 건 아틸라지만 오히려 병사들이 죽어 가고 있다.

화살을 쏴 봤자 죽지 않는다. 검을 휘둘러 봤자 피를 흘릴 뿐 죽지 않는다. 에이시우스는 이것이 무언지 잘 안다. 아틸라의 특기인 흑마법 중 하나가 분명했다.

흑마법은 가공할 파괴력과 무서움을 지니고 있다.

그런 흑마법에 대항하기 위해선 더 뛰어난 흑마법을 발휘해야만 한다.

'이렇게 된 이상, 어쩔 수 없다.'

에이시우스는 결의에 찬 눈빛으로 먼 언덕을 바라보았다.

그 순간, 아틸라의 도끼가 빛을 발했다.

"어디 한눈을 파는 것이더냐!"

그리고 무시무시한 에너지가 에이시우스의 머리를 향해 쪼개지듯 떨어졌다.

쿠아아앙!

무지막지한 폭음이 천지를 뒤흔들었다.

"……!"

아틸라는 눈을 부릅떴다. 분명 진기를 가득 담아 도끼를 휘둘렀다. 에이시우스가 로마의 전쟁영웅이라 하더라도 아틸라에겐 위협이 되지 않는다.

결코 막을 수 없다. 한데 강렬한 마기(魔氣)가 도끼를 막아 내는 것이 아닌가?

이것이 무엇인지 아틸라는 한눈에 알아보았다.

그토록 익숙한 기운, 바로 흑마법이었다.

'방어의 술이군! 하지만 어떤 방어의 술이라고 해도 진기를 담은 내 공격을 막지는 못할 터! 그렇다면……?'

일순간 아틸라의 시선이 언덕을 향했다.

'……!'

언덕을 바라보는 아틸라의 눈에 파문이 일었다.

자신에게 흑마법을 가르쳐 준 스승.

그리고 온 마음을 다하여 사랑했던 여인.

그녀가 그곳에 있었다.

아틸라의 눈에 불신의 빛이 떠올랐다. 믿을 수 없었다. 그녀가 자신의 곁을 떠났을 때만 해도 믿지 않았다. 무슨 이유가 있으리라 생각했다. 그리고 다시 돌아오리라 믿었다.

그런데 그녀가 로마군에 투항했다는 보고를 들었다.

아틸라는 괴로웠다. 유일하게 정을 나눈 인물이었다.

배신이었다. 믿을 수 없었다. 그래서 자신의 두 눈으로 똑똑히 보기 전에는 믿지 않으리라 다짐했다.

한데…… 배신은 사실이었다.

"……."

차갑다. 그녀의 얼굴에는 어떤 표정도 떠올라 있지 않았다.

그것이 더욱 아틸라의 가슴을 아프게만 했다.

일말의 죄책감도 없단 말인가? 단 한 줌만큼이더라도…….

그녀는 무심한 눈빛으로 아틸라를 쏘아보더니 손을 휘둘렀다.

무지막지한 마기가 주위를 휩쓸었다.

흑마법의 힘이었다.

흑마법에 있어선 그녀가 아틸라보다 한 수 위였다. 하지만 아틸라는 정신력으로 버텨 냈다. 굴하지 않고 앞을 막는 병사들을 베었다. 그리고 언덕을 향해 뛰어올랐다.

"크악!"

콰드드득!

그러자 더 강한 마기가 그를 억눌렀다. 아틸라의 신형이 바닥을 향해 곤두박질쳐졌다. 로마의 고수들은 그 틈을 놓치지 않고 아틸라를 공격했다.

"크허엉! 이노옴들……!"

아틸라는 에너지를 폭발시키면서 도끼를 휘둘렀다. 거

의 3m에 이르는 도끼를 너무나 가볍게 휘두르는 아틸라.

휘우우웅!

가공할 파괴력!

회전력과 육중한 무게감이 실리면서 엄청난 파괴력이 일었다.

로마에서 제일가는 검수들 수십이 단번에 쪼개졌다.

그때, 다시 마기가 아틸라의 움직임을 막았다.

"쿨럭······! 크흐윽!"

마기는 너무 강력했다. 아틸라는 검은 피를 토해 냈다. 애초에 불가능한 싸움이다. 몸 상태는 최악이었다. 그나마 흑마법으로 버틸 수 있던 상황이었다.

하지만 그녀의 흑마법이 상대적으로 더 강했다. 뛰어난 로마 검수들의 합공과 그녀의 무지막지한 흑마법의 조화는 실로 대단했다. 아틸라의 얼굴에 죽음의 그림자가 드리워졌다.

그런 모습을 지켜보며 그녀, 데일라는 복잡한 표정을 지었다. 다 계획했던 일이다. 세상 모든 사람들이 치를 떠는 아틸라를 죽이기 위해 계획하고 아틸라에게 접근하지 않았던가.

데일라는 흑마법사였다.

세상 사람에게 흑마법사는 천대받으면서도 두려운 존재였다. 흑마법이 워낙 사악하고 기괴하기 짝이 없기에 과장되게 부풀려진 소문이 많았다.

그렇기에 데일라는 멸시와 손가락질을 받으면서 살아왔다.

그런 그녀에게 사랑이 찾아왔다.

데일라가 살았던 도시가 로마에게 정복되는 사건이 있었다.

그때 데일라는 처음으로 한 남자를 보았다. 그리고 사랑을 느꼈다. 처음으로 다가온 사랑이란 낯선 감정. 하지만 세상은 그녀에게 사랑조차 허락하지 않았다.

신분의 벽.

데일라는 멸시와 두려움을 동시에 받는 흑마법사였으나 남자는 로마의 영웅이었다. 로마 시민 모두가 찬양해 마지않는 영웅, 에이시우스가 바로 그 남자였다. 데일라는 좌절했다. 그러나 좌절한 데일라에게 에이시우스가 찾아와 제안했다.

'아틸라를 죽이도록 도와준다면 그대에게 로마의 작위를 주겠다.'

그 말에 데일라는 눈이 번쩍 뜨였다.

작위가 생긴다면 어느 정도 신분의 벽은 극복할 수 있으리라 생각했기 때문이다. 데일라는 에이시우스의 제안을 승낙했고 아틸라에게 접근했다.

원래 아틸라는 흑마법에 지대한 관심이 있었다. 광대들

이 벌이는 간단한 눈속임 마술에도 깊은 호기심을 가지고 배우려고 했던 아틸라였다. 그래서 접근은 쉬웠다. 흑마법을 가르쳐 주며 접근했고 두 사람의 사이는 급격히 좁혀졌다.

그렇게 아틸라는 데일라에게 사랑이란 감정마저 느껴 그녀를 아내로 받아들였다. 데일라는 오히려 그것을 적극 이용해 아틸라를 이렇게 함정에 빠뜨리기까지 했다. 데일라는 아틸라를 좋아하지 않았다. 사랑하지 않았다. 그러나 지금 와서 생각하니 죄책감에 가슴이 터질 것 같았다.

'아니야. 저자만 제대로 해치운다면 나는…… 나는 에이시우스 님의 곁에 있을 수 있어.'

데일라는 독하게 마음먹었다.

그리고 흑마법을 부려 아틸라의 몸을 꽉 붙잡았다. 그녀의 시선에는 처참하게 망가진 마왕이 있었다.

"크흐흐……."

아틸라는 무릎을 꿇지 않았다. 수십 개의 검이 일제히 목과 머리를 향했다. 아틸라는 그들을 보며 비릿한 웃음을 흘렸다.

죽음의 순간이다.

그런데 웃고 있다니? 에이시우스는 온몸에 소름이 돋았다.

'정녕 사람이란 말인가……!'

정말 두렵다. 어찌 세상에 저런 존재가 나타날 수 있단 말인가.

아틸라는 잔혹한 웃음을 흘리며 언덕으로 시선을 돌렸다.

그의 눈에 짙은 경멸과 분노가 서려 있었다.

"그댄 나에게 흑마법을 가르쳐 줬다. 그대는 후회할 것이다. 나에게 흑마법을 가르쳐 준 대가를……."

짙은 어둠이 아틸라에게서 뿜어졌다.

쿠아아아!

하늘이 무너졌다.

땅거죽이 치솟아 올랐다.

아틸라의 분노가 하늘을 꿰뚫는 벼락이 되었다.

순간 천지가 진동했다.

"나의 분노를 담을 수 있는 육체의 그릇이여! 나의 영혼을 담을 수 있는, 나의 모든 것을 담을 수 있는 그릇이여! 나를 담아라! 나를 담아라! 나를 담아라!"

아틸라의 포효!

"저, 저건!"

데일라가 경악을 터뜨렸다.

아틸라의 행동!

그것은 금지된, 아니 절대 사용할 수 없는…….

저주받은 흑마법.

영혼전이의 술!

"막아야 돼!"

데일라는 미친 듯이 고함을 내질렀다. 그리고 자신이 내뿜을 수 있는 모든 마기를 쏟아부었다. 막아야만 했다. 지금 여기서 마왕은 죽어야만 했다. 설마 저 금지된 마술을 사용할 줄 누가 알았던가!

아틸라가 벼락과도 같은 빛을 토해 냈다. 그 빛은 순간 하늘로 치솟는 듯했다. 벼락, 그 자체였다. 그때 데일라의 에너지가 그것을 붙잡았다.

'크아아아아!'

아틸라의 영혼은 고통에 몸부림쳤다.

흑마법, 박령(縛靈)의 술이 모습을 드러냈다. 데일라의 흑마법이 아틸라의 영혼을 붙잡았다. 주위가 짙은 어둠과 눈부신 섬광의 대비로 점철됐다. 그런 상황에서 아틸라는 극한의 고통을 느꼈다.

이대로 당할 수는 없다.

승천하는 영혼을 붙잡는 박령의 술. 그것의 위력은 무시무시했다. 저주받은 흑마법을 잡아 낼 정도!

그러나 지금 아틸라의 정신력은 극에 달해 있었다. 분노의 화신이 된 아틸라는 격한 복수심에 그대로 박령의 술을 뿌리쳤다.

쿠아아아!

어둠의 기운이 일제히 사라졌다.
그리고 하늘 위로 눈부신 섬광이 치솟았다.

하늘을 꿰뚫은 분노의 벼락은 차원의 문턱을 넘었다.
공간과 시간, 그리고 차원을 뛰어넘어······.
그곳에 내리꽂혔다.

1.
나는 아틸라다

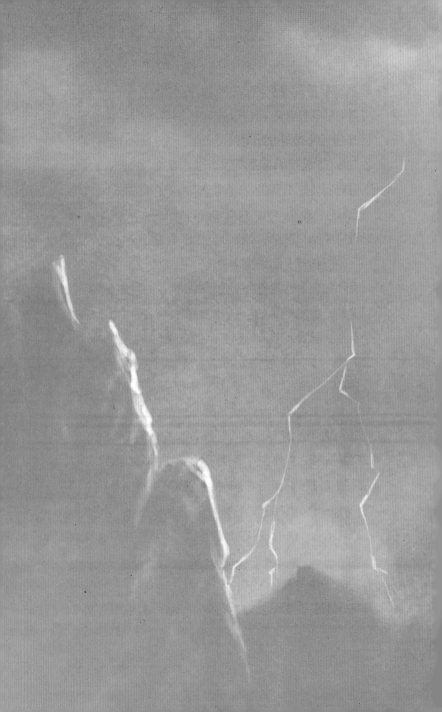

우르릉!

"으아악!"

마차를 호위하던 병사들이 일제히 머리를 바닥에 처박
았다.

청천벽력!

말 그대로 청천벽력이 따로 없었다.

정말 구름 한 점 없는 마른하늘이었거늘, 갑자기 푸른
빛이 번쩍이더니 고막을 터뜨릴 뇌성이 울리는 것이 아닌
가.

"으으으!"

병사들은 바닥에 머리를 처박고 벌벌 떨었다.

마른하늘에 벼락이라니. 무지한 그들로서는 신의 징벌이라고밖에 생각할 수 없었다.

그나마 기사들이 급히 정신을 차리고 주위를 살폈다.

정말 벼락이 눈앞에 떨어졌다.

마나로 눈을 보호하지 않았다면 그들의 눈은 실명했을 수도 있었다. 실제로 병사 몇몇은 눈이 멀어 버렸다. 지표면에 흐르는 강렬한 뇌기에 감전되어 몸을 푸들푸들 떨다가 죽어 간 이도 있었다.

"뭣들 하느냐! 어서 일어나지 못해! 어서 이공자님을……헉!"

부랴부랴 명령을 내리던 기사의 얼굴이 사색이 되었다.

"헉! 저, 저럴 수가!"

"이공자님!"

그들의 눈에 보인 현장은 끔찍했다.

커다란 사두마차 하나가 완전히 부서져 처참한 잔해만이 눈에 보였다. 말들도 허연 거품을 물고 푸들푸들 떨며 바닥에 쓰러져 있었다.

기사는 황급히 소리를 내지르며 달려갔다.

"이공자님! 이공자님!"

마차 안에는 중요한 인물이 타고 있었다.

만약 벼락을 맞아서 생명이 어떻게 되었다면……!

부서진 마차 잔해 뒤로 창백한 피부의 소년이 눈에 띄었다. 마차가 무너지면서 상처를 입었는지 머리에서부터 핏줄기가 흘러내리고 있었다.

기사는 급히 다가가 상태를 살폈다.

두근, 두근!

'심장이 뛰고 있다!'

분명 방금 전 벼락은 대단한 위력을 가지고 있었다.

정통으로 맞았으니 죽음을 피해 가기란 요원했을 터.

하지만 다행히도 심장이 뛰고 있었다. 아직은 살아 있단 소리였다.

기사는 이것을 천운으로 여기며 급히 소년을 업었다.

"왔던 길을 되돌아간다! 영지로 가서 치료해야만 한다!"

기사의 외침과 함께 말 머리가 돌려졌다.

기사는 보지 못했다.

그가 등에 업고 있는 소년의 얼굴이 미묘하게 변하고 있다는 사실을⋯⋯.

✤

고스는 새로 들려온 소식에 얼이 빠졌다.

어린 호랑이라 불리는 루인 이공자가 되돌아왔다고 한

다. 그것도 그냥 돌아온 것이 아니라 마른하늘의 벼락을 맞고 돌아왔다.

"대공자의 죽음에 놀라 도망친 어린 호랑이, 벼락을 맞고 돌아왔다고? 무슨 이런 일이……."

루인 이공자는 대공자의 죽음 이후 백작가를 떠나 황실 아카데미 입학을 선언했다. 그리고 출발을 한 날짜가 불과 엊그제였다.

한데 루인은 갔던 길을 되돌아올 수밖에 없었다.

"벼락을 맞다니, 허 참."

고스는 웃는지 우는지 모르는 표정을 지었다. 바츨라브 백작가의 행정을 총괄하는 고스는 백작가의 세력을 절반이나 손에 쥔 상태였다.

그런 그에게 루인 이공자는 눈엣가시였다. 어쩌면 자신하고 대립각을 세운 외무를 총괄하는 가신 룩스보다도 더신경 쓰였다. 물론 그는 자신이 백작가를 송두리째 집어삼키리라 의심치 않았지만, 적은 많으면 많을수록 위험한일이 아닌가.

루인이 백작가를 떠난다고 했을 때 고스는 춤이라도 덩실덩실 추고 싶었다. 게다가 벼락을 맞아 깨어나지 못한다고 하니, 하늘이 자신을 이렇게 도와줄 수도 있구나 싶다.

"이왕이면 죽어 버렸으면 좋겠군."

고스는 아쉽다는 듯이 입맛을 다셨다. 같이 떠난 기사들의 발 빠른 대처로 다행히 목숨을 건졌다. 하지만 의사의 말을 들어 보면 뇌기에 너무 심하게 감전되어 백치가 되거나 치명적인 상처를 입었을 거라 한다.

"바츨라브의 씨는 끝났군."

잔인한 웃음이 입가에 번졌다.

제국 남부를 질타했던 야수의 핏줄, 바츨라브의 씨는 이제 끝났다.

이제는 고스 자신이, 이 백작가의 정점에 서리라.

고스가 그렇게 단꿈에 젖어 있을 무렵,

백작가에서 악마가 태동하고 있었다.

"끄으으!"

루인은 눈을 뜨자마자 머리에 치미는 고통에 신음을 토해 냈다. 마치 거인이 손으로 머리를 터뜨릴 것처럼 누르는 고통이었다. 루인은 눈을 감고 고통을 참으려 애썼다.

콰콰콰—

갑자기 뇌에 기억의 물결이 파도쳤다. 루인의 기억과 생소한 기억이 서로 부딪치며 뇌에 억지로 스며들었다. 거기서 전해지는 아픔은 정말 고통스러웠다.

순간.

번쩍!

루인의 눈에서 무시무시한 흉광이 뿜어졌다.

지독한 살기, 그리고 분노가 담긴 흉광!

만약 누가 보았다면 그대로 심장이 멈췄으리라. 그만큼 지독히도 무서운 흉광이었다. 감히 범접할 수 없는 분노가 담긴, 모든 것을 부수고 짓밟고야 말겠다는 엄청난 분노.

고작 열여섯 살짜리 소년인 루인에게서 나올 수 없는 기운이었다.

그렇다. 루인의 몸뚱이에 자리 잡은 영혼이 내뿜고 있는 분노였다.

"아틸라? 훈족? 로마? 에이시우스? 으아아아!"

루인은 머리가 터질 지경이었다.

갑자기 억지로 뇌에 스며드는 기억들의 파도에 미쳐 버릴 지경이었다. 로마니, 훈족이니, 에이시우스니……. 모두 생소한 기억들이었다. 그런데 너무나 생생했다. 생소하면서도 낯설지가 않았다.

"으아악!"

고통에 찬 비명이 방 안을 뒤흔들었다.

머리가 터질 것 같았다.

아틸라! 아틸라였다.

지독한 분노의 화신이 루인의 육체에 강림했다. 항거할

수 없는 폭발적인 에너지가 루인의 정신력을 마구 짓밟고 뭉그러뜨렸다.

"으아아악! 나가! 나가란 말이다!"

루인은 머리를 뜯어내듯이 쥐고는 미친 사람처럼 발광했다. 머릿속으로 스며드는 생소한 기억들, 그리고 몸속에 자리 잡는 하나의 이질감!

그것의 이름은 아틸라였다.

"악마, 악마!"

악마, 악마였다. 사람의 육신을 빼앗으려는 악마!

분노에 찬 악마가 루인의 육신을 차지하고자 한다.

단지 열여섯 살짜리 소년이 어찌 버티겠는가!

루인이 아무리 세상에서 새끼 호랑이라 칭송하는 인재라 하더라도 아틸라는 전쟁을 호령한 마왕이었다.

"나를 받아들여라……!"

루인의 입가에서 거칠기 짝이 없는 목소리가 흘러나왔다.

그것은 아틸라의 목소리!

그렇다. 아틸라의 영혼이 조금씩, 그리고 치밀하게 루인의 육체를 차지하고 있었다.

"말도 안 돼! 이건 내 몸이야!"

루인이 소리쳤다. 아틸라의 목소리와 루인의 목소리가 계속 교차했다. 루인의 머리가 하얗게 타들어 갔다.

점점 정신이 희미해진다.

분노를 불사르고 어떻게든 이겨 내야겠다고 생각했다.

하지만 어쩔 수 없었다. 육체를 잠식해 가는 존재는 다름 아닌 아틸라가 아니었던가!

그렇지만 루인도 대단했다.

천하의 아틸라를 상대로 기를 펴고 버텼다.

아틸라가 어찌 루인의 육체를 차지하려 하는 것인가?

그것은 루인의 육신이 아틸라를 담을 수 있는 그릇이란 얘기였다.

루인!

그도 분노하고 있었다. 그 역시도 복수심에 불타고 있었다.

아틸라는 분노의 화신!

분노로 점철된 아틸라의 영혼을 담을 수 있는 그릇은 분노와 복수심으로 가득한 루인뿐!

힘겨운 기 싸움이 계속됐다.

아틸라는 차지해야만 했다. 이 육신을 차지해야만 했다.

데일라의 박령의 술의 영향이 컸다.

만약 제대로 영혼전이의 술이 펼쳐졌다면 아무리 루인이 큰 그릇이라고 하더라도 금방 차지하였으리라.

하지만 박령의 술로 영혼에 치명적인 상처를 입은 아틸

라는 곧바로 루인을 제압하지 못했다. 하나 아틸라가 누구였던가!

그는 전무후무한 제왕이었다.

루인의 육신에 점차 아틸라의 영혼이 잠식해 들어갔다.

한 육체에 두 개의 영혼이 존재하는 일은 절대 불가!

그러나……!

루인은 끝내 육체를 버리지 않았다.

아틸라에게 머릿속을 잠식당하면서도, 그는 깊은 무의식 속으로 숨어들었다.

'으으으……!'

그리고 끝내……!

번쩍!

루인의 눈에서 흉광이 폭발했다.

루인이 아니었다.

마왕의 재림이었다.

초원을 넘어 로마를 무너뜨리던 훈족의 영웅이요, 로마의 절망이었던…….

마왕(魔王) 아틸라의 재림!

"나는 아틸라! 훈족의 왕 아틸라!"

아틸라의 포효.

그것은 세상을 강타할 거대한 폭풍의 시작이었다.

바츨라브 백작가.

제국 남부에서 제일가는 가문이다. 대륙에서 유통되는 곡식의 4분의 1을 생산한다고 알려진 델리아 평야를 절반 이상 차지하기에 경제력은 말로 다 설명할 수 없다.

더욱이 예부터 뛰어난 인재들을 배출해 오며 황제에게 제국의 인재 창고라는 극찬을 받기도 했다.

그런 바츨라브 백작가가 흔들리기 시작한 것은 얼마 되지 않았다.

얼마 전, 철혈의 길을 걷던 가주가 알 수 없는 병으로 쓰러졌다. 그것을 시작으로 백작가에 오랫동안 헌신했던 충신들이 하나둘 떠나거나 죽음을 맞이했다.

철옹성 같던 백작가가 흔들렸다.

그것은 곧 남부 지방에 파문을 일으켰다.

남부 지방의 여러 영지들은 사실상 백작가의 세력 안에 놓였다고 봐야 하기 때문이다.

하지만 백작가는 쉽게 무너지진 않았다.

가주가 쓰러졌다고 하나, 백작가에는 사자와 같은 대공자가 있었고, 호랑이 같은 이공자가 있었다.

두 형제의 주도 아래 흔들리던 백작가는 차츰 안정을

되찾아 갔다.

한데, 사건이 터졌다.

대공자 의문의 급사(急死)!

가주를 대신해 백작가를 이끌던 대공자의 죽음은 엄청난 폭풍을 몰고 왔다.

사인은 심장마비.

격한 수련을 하던 대공자가 마나폭주를 일으켜 사망하고 말았다는 얘기였다.

하지만 그 얘기를 믿는 이는 아무도 없었다. 대공자는 차기 제국을 대표하는 검이 되리라 예상되는 촉망받는 인재였다.

오죽하면 그를 남부의 젊은 사자라 하겠는가?

그런 그가 수련을 하다 마나폭주로 사망하다니, 말이 되지 않는다. 마나폭주는 마나의 길에 처음 입문하는 자들이 겪는 고통이다. 대공자처럼 어느 정도 경지에 오른 이들이 마나폭주에 휘말릴 일은 없다.

그제야 사람들은 수군댔다.

백작가를 장악하려는 거대한 그림자가 있다고!

이공자도 그걸 느꼈음인가?

이공자는 황실 아카데미 입학을 이유로 우선 몸을 피하고자 했다.

대공자의 사망엔 의심스런 구석이 많았다. 그것을 파헤

치고 힘을 기르기 위해선 일단 시간이 필요했다. 그렇기에 아직 어린 이공자는 백작가를 떠나는 선택을 한 것이다.

이공자 루인.

그 역시 제국의 어린 호랑이라고 불릴 만큼 촉망받던 인재였다.

한데 또 한 번 사고가 터졌다.

황실 아카데미로 향하던 길에 루인이 벼락을 맞았다. 그 황당한 사건에 많은 사람들이 입을 다물지 못했다. 설마 백작가를 집어삼키려는 그림자가 자연마저 다루냐고 황당해할 따름이었다.

무엇보다 중요한 사실은, 루인은 벼락을 맞고 자신의 방에서 꽁꽁 몸을 숨긴 채 모습을 드러내지 않은 지 한 달 가까이가 되어 가고 있다는 점이다.

"참 이상하다……."

루나는 고개를 갸웃거렸다.

바츨라브 백작가의 시녀인 루나로서는 최근에 일어나는 일들이 이해가 가지 않았다.

기름기를 쫙 뺀 삶은 돼지고기와 잘 말린 양고기가 쟁반 위에 놓인 채 그녀의 손에 들려 있었다. 루인 이공자의 식단이었다.

바로 이 식단이 의문점이었다.

본래 이공자는 소식(小食)을 즐겼다. 늘 신선한 우유와 훈제 베이컨 두어 조각을 즐겼다. 그래서 식단이 바뀔 일이 없었다.

근데 한 달 전부터…….

"그러니까 으음……. 그래! 아카데미로 떠나갔다가 벼락 맞고 돌아왔을 때부터!"

루나는 고개를 끄덕였다. 한 달 전, 이공자가 벼락을 맞은 후 깨어났을 때부터 식단이 이렇게 바뀌었다.

바뀐 건 식단뿐이 아니었다.

본래 이공자는 늘 아침 일찍 일어나 저택을 돌아다니며 일일이 하인들과 시녀들을 챙겼다. 그다음에는 연무장에 가서 아침 수련을 했고, 아침을 먹고 나서는 방에서 책을 읽으며 여가를 보냈다.

이것이 루인 이공자의 생활 패턴이었다.

그런데 한 달 전부터 완전히 바뀌었다.

루인은 방에서 꼼짝도 하지 않았다. 산책도, 수련도 하지 않았고, 식사도 방에서 문을 걸어 잠근 채 해결했다.

루나는 방에 들어가 보지도 못했다. 식사는 늘 문 앞에 놓고 돌아가기만 했다.

"도대체 방 안에서 무얼 하고 계시는 걸까?"

백작가 이공자의 방이니 좁을 리는 없겠지만, 한 달을 그곳에서 지낸다면 필시 좁을 터. 하지만 이공자의 모습은커녕 코빼기도 보이지 않았다.

저택 내에서 그의 모습을 본 사람은 아무도 없다.

"한번 살펴볼까?"

꽃다운 나이 십오 세.

한창 호기심이 클 나이다. 더욱이 루인 이공자는 무척이나 잘생긴 외모를 가지고 있었다. 뿐인가? 대단한 가문이라는 배경까지 있지 않는가. 또한 자상할 땐 한없이 자상했던 성격 때문에 저택 내에서 그를 흠모치 않는 시녀들이 없을 정도다.

그 잘생긴 얼굴 좀 보고 싶단 생각에 루나의 가슴이 콩닥콩닥 뛰었다.

"살짝만 문 열어 보자."

이윽고 루인의 방문 앞에 도착했다.

똑똑.

"아침 식사 가져왔습니다. 이공자님."

역시나 방에선 아무런 말이 없었다. 혀를 내밀고 배, 웃은 루나는 쟁반을 옆에 살짝 내려놓고 문고리를 돌렸다.

끼이이익…….

문고리 돌아가는 소리는 왜 이렇게 큰 건지!

루나는 약간 불안하지만 설레는 기색으로 문을 살며시 열었다.

조그맣게 열린 문틈 사이로 보이는 이공자의 방.

깨끗했다.

한 달 동안 시녀들이 출입을 안 해 청소를 하지 못했을 터. 하지만 생각보다는 깨끗한 방의 모습이었다.

"흐음?"

하지만 가장 궁금한 이공자의 모습이 보이지 않았다. 루나는 의아한 눈빛으로 문을 더 살짝 열려고 했다.

순간.

덜컥!

"으앗!"

갑자기 문이 활짝 열린 바람에 루나는 그대로 앞으로 고꾸라졌다.

바닥에 이마를 제대로 찧었다.

"아고고……."

"일어나라."

차가운 목소리가 들려오자 루나는 황급히 고개를 들어 올렸다.

"헙……."

순간 얼어붙었다. 고개를 들어 눈을 마주쳤다. 전신을 갈가리 난도질당하는 기분이었다.

'이…… 이공자님?'

바로 이공자였다. 하지만 루나는 쉽사리 그가 이공자 루인임을 확신할 수 없었다. 바로 눈빛. 차갑고 무언가 터질 것만 같은 눈빛은 결코 루인의 눈빛이 아니었다.

마치…….

병상에 누워 있는, 남부를 호령하던 바츨라브 백작님을 본 느낌이었다.

"죄, 죄송합니다. 루인 이공자님."

루나는 황급히 무릎을 꿇었다. 이유가 어찌 됐든 자신은 명백히 잘못했다. 허락이 없는 한, 일개 시녀가 방 안에 들어오거나 살필 수는 없는 노릇이다.

루인은 말없이 고개 숙인 루나를 바라보았다.

그 눈빛이 워낙 차가운지라 루나는 가늘게 몸을 떨었다.

두려웠다.

그리고 이질감이 들었다. 자신이 알던 루인이 아니라는 생각이 머릿속 깊이 파고들었다.

"용서해…… 주세요. 이공자님."

루인이 말이 없자 더 두려워진 루나는 울먹이며 용서를 빌었다. 하지만 루인은 그녀를 꾸짖을 생각도, 용서할 생각도 없었다.

그의 목적은 단지 아침 식사였으니까.

"식사를 다오."

"네…… 넷? 아 여기 있습니다."

루인은 말없이 식사를 받았다. 그리고 가차 없이 몸을 돌려 다시 방 안으로 들어갔다. 그런 그의 뒷모습을 루나는 넋 나간 표정으로 바라만 보고 있었다.

"앞으로 식단에 갖은 채소와 야채를 넣어라. 또 신선한 과일도 좋고."

"알, 알겠습니다. 루인 이공자님. 그럼 저…….."

고개를 조아리며 머뭇거리는 루나.

"……무슨 일이냐."

그녀의 모습에 루인의 미간이 찌푸려졌다. 표정이 찡그러지자 루나는 화들짝 놀랐다.

"아, 아닙니다. 맛있게 식사하세요, 루인 이공자님."

루나는 허리를 꾸벅 숙이고 종종걸음으로 복도를 걸어 나갔다. 한시라도 빨리 자리를 피하고 싶었다. 그저 같이 있는 것만으로도 숨이 턱턱 막히고 두려움에 몸서리가 쳐졌다.

분위기!

바로 루인 이공자의 분위기가 너무나 달랐다.

차가웠고, 또 흉흉했으며 거칠었다.

"잠깐."

루인이 그녀를 불러 세웠다. 그녀는 두려운 기색으로

고개를 조아렸다.

"무슨 일이신지……."

"너."

"네, 루인 이공자님."

루나는 고개를 숙이며 자신이 선보일 수 있는 가장 정중한 태도를 보였다. 하지만 루인의 얼굴은 형편없이 일그러졌다. 그 모습에 루나는 식겁했다.

'내가 뭘 잘못했나?'

아무리 생각해도 예법에 어긋난 짓은 하지 않았다.

했다면 방을 훔쳐본 것. 하지만 그건 용서한 일이 아닌가.

'용서하지 않으신 건가?'

루나는 덜컥 겁이 났다.

만약 용서하지 않는다면? 자상했던 루인의 성격상 벌을 주지는 않으리라 생각되지만, 지금의 모습을 보면 꼭 그렇지만은 않다.

하지만 루나의 걱정과는 달리 루인은 다른 용무가 있어서 그녀를 부른 것이다.

"너. 앞으로 날 루인이라 부르지 마라."

"네넷?"

루나는 당황했다. 루인 이공자를 루인이라 부르지, 그럼 뭐라 부르란 말인가? 속마음을 읽었는지 루인은 나른한 목소리로 대답했다.

"나는 앞으로 루인이 아니다. 앞으로 날 아틸라로 불러라. 나는 아틸라 더 훈이다, 그것이 나다. 나는 아틸라다."

루인, 아니 아틸라는 웃었다.

방 안으로 들어온 아틸라는 책상 위에 음식을 올려놓고 양고기 한 점을 집어 입에 넣었다.

한 달 동안 단백질이 풍부한 육류만을 먹었다.

육체가 처참하게 망가져 있는 상태였기 때문이다.

"이 육신의 주인은 좀 한심한 놈이었군. 독에 중독될 때까지 몰랐다니."

바로 독!

언제부터였는지 루인의 육체는 조금씩 독에 중독되어 왔고, 근육이 빠지고 망가져 가고 있었다.

그런 이유로 우선 살과 근육을 붙이고 체력을 기르기 위해 아틸라는 단백질을 충분히 섭취해 왔다.

체내에 남아 있던 독도 문제없었다.

아틸라의 영혼이 루인의 몸에 강림했을 때, 체내에 있던 모든 독들이 거의 다 타서 사라졌다.

벼락 때문이다.

아틸라의 영혼은 벼락을 타고 루인의 육체에 강림했다. 당시 벼락을 정통으로 맞아 육신에 남아 있던 독들이 모두 타서 사라져 버린 것이다. 자칫하면 목숨도 잃을 정도로 고압의 전류였지만, 아틸라가 그것을 막았다.

그렇지 않았다면 루인의 육신이 벼락을 맞고 이토록 무사할 수는 없으리라.

덕택에 아틸라의 몸속에서 적들이 오랫동안 음독시킨 독들은 모두 사라졌다. 오히려 깨끗했다. 독뿐만 아니라 수많은 불순물들을 태워 버린 상태!

뿐만 아니라 새로운 능력도 얻었다.

파지직, 파직!

아틸라의 오른손에서 스파크가 튀었다.

바로 뇌전의 기운!

뇌전을 다룰 수 있게 된 것이다. 처음 아틸라가 정신을 제대로 차렸을 때, 몸 안을 가득 채우는 강렬한 에너지에 깜짝 놀랐다.

본래의 육신이 가지고 있던 에너지를 훨씬 능가하는 힘!

그럴 만도 했다. 아틸라의 영혼은 세상 그 어떤 것으로도 가둘 수 없을 만큼 강렬했다. 그런 영혼을 이끌려면 얼마나 강력한 에너지가 필요하겠는가!

루인의 육신에 내리꽂힌 벼락은 과연 압도적인 에너지로 가득했다. 그것을 욕심낸 아틸라는 한 달 가까이 몸에 가두고 또한 다루는 연습을 했다.

그리고 지금은 진기를 사용했던 것처럼 뇌기를 다룰 수 있게 됐다. 하지만 전부는 아니었다. 육신에 가득 찬 뇌기를 완전히 다루지는 못했다. 현재 아틸라가 다룰 수 있는 뇌전은 고작 십오 퍼센트. 하지만 그것만으로도 압도적인 힘이었다.

영혼전이의 술을 쓰기 전의 힘에 비하면 약 삼십 퍼센트 되는 힘이었다.

"좋군."

아틸라의 입가에 흡족한 미소가 지어졌다.

강해진다는 점은 좋은 일이다.

아틸라는 앞으로 몸에 가득 찬 뇌기를 모두 이끌어 낼 생각이다.

만약 그렇게 된다면.

산술적이지만 로마를 두렵게 하던 힘의 두 배 가까이를 얻게 되는 일이다.

하나······.

뇌기만이 아틸라의 무기는 아니다.

아틸라의 진정한 무력(武力)은 바로 무술과 흑마법에 있었다.

로마영웅을 무력케 하던 압도적인 무력!

땅을 뒤집고 불길을 치솟게 했던 흑마법!

그 모든 것을 루인의 육신에 깃들게끔 수련한다면 아틸라는 두려울 것이 없었다.

"기다려라, 로마여. 내가 가겠다. 데일라, 에이시우스! 너희들은 반드시 내 손으로 죽이겠다!"

아틸라의 두 눈이 복수심으로 불타올랐다. 이내 아틸라는 들끓는 복수심을 억누르고 침착을 되찾았다.

지금부터 시작할 일이 많았다.

"바츨라브 백작가…… 그리안 제국……. 다 처음 들어보는 이름들이다. 어쩌면 바다 건너에 로마가 있을지도 모르겠군."

아틸라는 이 세상이 전혀 다른 세상임을 꿈에도 몰랐다.

그저 로마에서 아주 멀리 떨어진, 다른 대륙에 존재한 곳이라고 짐작할 뿐이다.

그렇기에 아틸라는 복수심을 버리지 않았다.

반드시 돌아가서 복수하겠노라!

하나 복수를 위해선 일단 아틸라는 더 강해져야만 했다.

과거보다 더!

말을 타고 로마를 유린했을 때보다 더 강해야만 했다.

강했다면, 에이시우스의 계략에 휘말려 그렇게 무너졌을까?

데일라의 흑마법에 억눌려 피를 토했을까?

아틸라는 그것이 자신의 부족함에 있다고 자책했다.

하여 아틸라는 이곳에서 강해질 수 있는 것은 총동원해서 강해지고야 마리라 결심했다.

뇌전의 기운, 무술, 흑마법!

하지만 애석하게도 제약이 많았다. 지금 바흘라브 백작가의 상황 때문에 아틸라는 할 수 있는 일이 많지 않았다.

"썩었군."

한 달 동안 상황을 대충이나마 파악한 아틸라의 짧은 소감이다.

바흘라브 백작가는 썩을 대로 썩었다.

가주는 쓰러졌고, 가주직을 이을 대공자는 사망했다. 유일한 적통 후계자인 루인은 독에 중독되어 천천히 죽어나갔으리라. 물론 아틸라가 육신을 차지함으로써 그럴 일은 생기지 않겠지만.

권력의 중심이 무너졌다.

자연히 그 권력을 탐내는 승냥이 떼들이 몰려들었다.

각자 백작가에서 일하며 어느 정도 입지를 쌓았던 이들이 세력을 규합해 백작가를 노리는 상황이다.

하지만 그것이 전부는 아니다.

아틸라는 무거운 눈빛으로 책상 위를 쳐다보았다.

책상에는 두툼한 노트 한 장이 펼쳐져 있었다.

아틸라가 어찌 세상 돌아가는 모양을 알겠는가.

정답은 바로 노트에 있었다.

노트는 전에 루인이 쓰던 일기장이었다. 루인의 일기를 보고 아틸라는 대충이나마 현재 상황을 파악할 수 있었다.

아틸라는 다시 한 번 루인의 일기장을 읽어 나갔다.

봄, 사월 이십 일.

형님이 굳은 얼굴로 나를 찾아왔다. 평소 냉철하고 일하는데 실수가 없으신 형님께서 그런 굳은 표정을 지으신 것이 너무 어색했다.

형님은 뭔가 이상하다고, 의심스럽다고 말하셨다.

'백작가에 이십 년 동안 살아왔던 노(老)기사 다섯이 가문을 떠났다. 단지 고향에서 인생의 마지막을 보내겠다는 이유였지만 무언가 이상해.'

나는 무슨 걱정이 그리 많으시냐 했다.

노기사 다섯이 동시에 떠난 것은 이상한 일이지만, 그들이 말년에 다 같이 고향에서 살고 싶단 생각을 할 수도 있는 일이 아닌가.

하지만 형님께선 여전히 표정을 풀지 않으셨다.

형님은 곧 내 방을 떠나셨다.

그 이후 저녁에 행정을 관리하던 가신 데이라가 사망했단 소식이 들려왔다.

봄, 사월 이십오 일.

나도 이제야 무언가 이상함을 느꼈다.

데이라가 죽고 백작가의 행정은 그 음흉한 늙은이, 고스가 다 맡아 움직였다. 백작가의 자금 유통이 그의 손에 의해 움직였고, 그의 허락이 없는 한 어떤 일도 진행되지 않았다.

이러면 안 됐다. 가신 한 명이 이리 권력을 쥐겠는가.

외무를 총괄하던 가신 룩스가 그를 반대했다. 하지만 실제로 고스가 해낸 일들은 다 성과가 크기 때문에 그가 행정을 총괄해야 한다는 주장이 관철되었다.

뭔가 이상했다.

아버지와 우리 가문에 충성을 바치던 사람들이 어느새 눈에 보이지 않았다. 고스의 곁에 붙은 간악한 놈들만 눈에 보였다. 그도 아니면 룩스와 붙어먹고 고스와 견제하는 자들밖에 없었다.

봄 오월 육 일.

아침부터 고열에 시달렸다. 구토를 계속했다.

오늘 수련은 도저히 할 수 없었다.

초여름 유월 칠 일.

아버지가 쓰러지셨다. 믿을 수 없다. 어쩌…… 그토록 정정하시던 아버지가!

초여름 유월 팔 일.

형님께서 오셨다. 일이 잘못됐다고 말씀하셨다. 어쩌면 아버지는 음모로 쓰러지신 것일지도 모른다고 하셨다.

고스와 룩스, 너희 중 누가 이런 일을 행하는 것인가?

여름 칠월 구 일.

아버지의 병은 여전히 오리무중이다.

그동안 고스와 룩스의 세력은 더욱 커졌다.

끝내 가문에 상주하는 두 개의 기사단도 그들과 붙어먹었다. 이 일을 어찌하면 좋을까.

아버지, 어서 일어나십시오.

여름 팔월 십이 일.

몸이 계속해서 아프다. 단순히 몸살이라고만 생각했다. 한데 그게 아니다. 사 개월 가까이, 사—오 일을 간격으로 구토와 고열에 시달린다.

내가 수련을 게을리했음인가?

이 부분은 필체가 흐려져 있었다.

아무래도 정신이 혼미한 가운데 일기를 썼으리라. 아틸라는 쓰게 웃었다.

"모자란 자식."

독에 중독된 것도 모르고 단지 자신의 게으름을 탓하다니. 아틸라는 계속해서 다음 장을 넘겼다.

가을 시월 칠 일.

어젯밤 수련을 격하게 했더니 오늘은 상쾌하다. 하지만 이상한 것이 체중이 점점 주는 느낌이다. 근육이 붙으면 모를까, 체중이 줄다니. 앞으로 먹는 양을 늘려야겠다.

가을 시월 십구 일.

형님이 다급한 얼굴로 날 찾아오며 말했다.

'고스와 룩스만이 우리 가문을 노리는 것이 아니다. 난 믿었다. 고스와 룩스만을 숙청한다면, 그러면 다시 가문을 되찾을 수 있으리라 믿었다. 한데…… 그게 아니다. 아우야, 이 일을 어찌하면 되겠느냐. 이 일을……!'

내가 무슨 말씀이냐 물었다.

형님은 그저 날 붙잡고 우실 뿐이었다. 그토록 강했던 우리 형님이…… 마치 여인네처럼 그렇게 울부짖을 줄은 꿈에도 몰랐다.

가을 시월 이십 일.
형님이 돌아가셨다. 믿을 수 없다.

가을 시월 이십이 일.
아아, 이 멍청한 루인아! 이 멍청한 자식아!
나는 뒤늦게 깨달았다. 난 중독됐다.

가을 시월 이십삼 일.
형님이 나에게 서신을 남겼었다.
백작가를 떠나 우선 목숨을 구하라고. 남아 있으면 언젠가
자신처럼 될 거라고, 너만큼은 떠나서 아버지와 자신의 복수를
이뤄 달라고.
나는 간다.
황실 아카데미로 간다.
거기서 로드리게스 교수를 찾으라 한다.
그에게서…… 그에게서 현재 가문에 흐르는 암류를 알 수
있을 것이다.

마지막 일기는 필체가 많이 뭉그러지고 흐려져 있었다.

다급하게 글을 썼음인가. 루인은 이렇게 마지막 일기를 남기고 도망치듯 가문을 떠났으리라.

처음에 아틸라는 단지 고스와 룩스만의 권력 싸움에 의해 가주와 대공자가 희생되었다고 생각했다.

하지만 아니다.

'고스와 룩스가 아무리 영악한 너구리라고 해도, 백작가는 남부를 지배하는 철옹성! 그들이 어찌할 수 없을 정도로 백작가의 저력은 대단하다. 뒤에서, 암중에서 저들을 조종하는 이들이 있다.'

아틸라는 단지 일기장의 내용만으로 숨겨진 사실까지 파악했다.

'아마도 대공자는 뒤늦게 알았겠지. 자신이 싸워야 하는 자가 고스와 룩스 따위는 비교도 안 되는 거대한 암흑이라는 것을.'

그래서 루인을 붙잡고 울부짖었으리라. 자신의 힘으로는 도저히 안 됨을 깨닫고, 그리고 곧 다가올 자신의 죽음을 예상하고 혼자 남을 아우를 걱정하는 마음으로.

두근두근.

일기장을 다 읽고 나자 심장이 거세게 뛰었다.

'분노하고 있느냐, 루인이여.'

영혼은 아틸라다. 하지만 육신은 루인이다. 심장도 루인이다. 일기장을 읽으니까 그때 루인의 심정이 고스란히

전해졌다.

아틸라의 가슴이 뜨거워졌다.

루인은 분노하고 있었다. 아버지를 식물인간으로 만든 자, 형님을 죽인 자, 그리고 자신을 중독시킨 자, 무엇보다 사랑하는 가문을 이 모양 이 꼴로 만든 자들에게 복수를 원하고 있었다.

분노를 바탕으로 한 그 복수심이라는 동질성.

그것 때문에 루인의 육신이 거부감 없이 아틸라를 받아들였으리라.

아틸라도 복수를 원한다.

데일라와 로마, 에이시우스에게.

루인도 복수를 원한다.

가족과 가문을 파멸로 이끈 자들에게.

서로가 복수를 원한다.

복수는 전염된다!

아틸라의 분노와 복수심이, 루인의 터질 것 같은 복수에 대한 열망이!

서로에게 전염됐다.

'어차피 로마로 건너가기 위해선 힘을 길러야 한다. 하지만 백작가에선 날 저지하는 인물들이 많을 터. 루인이여, 내가 대신 해 주겠다. 너의 복수를 이루어 주고 나의 복수를 하러 가겠다. 어쩌면 너의 육신을 빼앗은 미안한

마음일지도 모른다. 기다려라 루인이여, 내가 너의 복수
를 이루어 주겠다!'

2.
너구리와 기 싸움

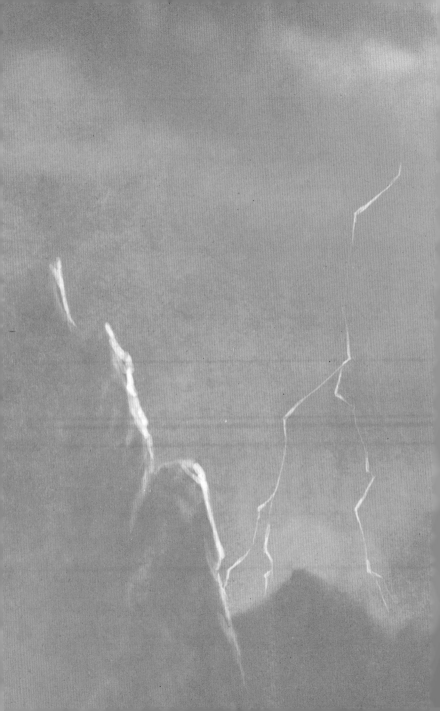

고스는 책상 위에 쌓인 서류를 보며 한숨을 쉬었다.

모두 내일까지 처리해야 할 서류들이었다.

행정을 총괄하게 되면서 권력을 한 손에 쥐게 된 일은 좋다. 하지만 실제로 자신이 직접 최종 처리해야 할 일이 많아지니 그것도 나름대로 고역이다.

하지만 이내 고스는 음침한 웃음을 지었다.

모든 서류를 최종 심사하고 확신을 내리는 작업은 당연히 백작가의 가주가 행해야 한다.

그러나 가주는 병중인 상태.

그럼 자연 후계자가 그 일을 맡아야 했으나 인물이 없었다. 대공자는 죽었다. 이공자는 벼락을 맞고 방에서 도통 나오지 않는다. 하인과 시녀들을 붙여 봤지만 연락이 없다. 스스로가 모습을 드러내지 않고 있다는 얘기다.

자연히 이 일을 고스가 하게 됐다.

이 말은 룩스와의 권력 싸움에서 승세를 더 가져갔단 얘기다.

결정적으로 백작가의 제일 기사단, 도미니언 기사단이 자신의 세력에 편입되었다. 이로써 고스를 중심으로 한 세력은 더욱 커졌다.

얼마 안 가 룩스를 완전히 누르고 백작가를 차지하게 되리라.

"흐흐흐. 그 늙은 구렁이 같은 자식. 열 좀 받겠지."

"물론입니다. 말만 번지르르하게 해서 외부 세력이나 끌어들이는 그런 놈이 화가 끝까지 치솟겠죠."

방 안에 있는 기사 로엔이 비굴한 웃음을 지으며 말했다.

고스는 만족스런 얼굴로 고개를 끄덕였다. 기사 로엔은 비굴하고 돈과 여자, 그리고 권력을 밝히는 전형적인 소인배였다. 그는 기사도를 완전히 무시하는 녀석이었으나 실력만큼은 출중했다. 무엇보다 말로써 사람을 살살 녹이는 재주는 고스의 마음에 쏙 들었다. 그것이 아부임을 안다고 해도 말이다. 하여 고스는 그를 소중히 여겨 자신의 호위기사로 만들어 놓았다.

그러나 즐거운 기분도 오래가지 않았다.

똑똑.

"누구냐."

"고스 행정 총관님, 카솔라니입니다."

"바쁘다. 급한 일이 아니면 가라."

카솔라니는 이공자 곁에 심어 둔 하인이었다. 이공자 곁에서 그를 감시하란 명목이었다. 그렇지만 이공자의 모습이 보이지 않으니, 들어오는 정보도 없다. 자연히 고스 입장에선 아무런 정보도 못 물어오는 카솔라니가 탐탁지 않다.

뿐만 아니라 해야 할 일이 많으니 한낱 하인의 말을 들을 시간이 없었다.

"저…… 그것이 정말 중요한 일입니다."

"끄응, 들어오지 말고 거기서 말하거라."

"다름이 아니라 루인 이공자님께서 행정 총관님을 만나겠다고 모셔 오라고 했습니다."

스슥— 툭!

카솔라니의 말이 끝나기 무섭게 서류를 작성해 나가던 고스의 손길이 멈췄다. 자기도 모르게 힘이 잔뜩 들어갔기 때문이다. 하지만 고스는 그런 것에 신경 쓰지 않았다. 카솔라니가 한 말이 그만큼 놀라웠기 때문이다.

"뭐라고 했느냐? 루인 이공자가 날 찾아? 그놈이?"

"네, 그렇습니다. 방금 전에 복도에 나와 무작정 행정 총관님을 모셔 오라 했습니다."

"만약 그것이 사실이 아니라면 네놈은 편히 쉬지 못할 것이다."

"제, 제가 어찌 행정 총관님께 거짓을 올리겠습니까. 믿어 주십시오."

고스는 쉽사리 믿을 수 없었다. 모습을 드러내지 않는 이공자 때문에 가문에는 여러 소문이 돌았다. 그가 백치가 되었다느니, 아니면 벼락을 맞아 큰 상처를 입었다느니 얘기들이 많았다. 한데 갑자기 모습을 드러내어 자신을 찾아?

고스는 흥분을 가라앉히고 침착하게 생각했다.

카솔라니가 감히 거짓을 고하지는 않으리라.

그렇다면 실제로 자신을 찾았단 얘긴데.

이내 고스가 콧방귀를 뀌었다.

"흥, 웃기는 일이군. 제깟 놈이 뭔데 감히 나를 오가라 한단 말이냐. 아직도 자기가 옛날 그 잘난 새끼 호랑이인 줄 아나 본데, 천만에 말씀이지. 독에 중독되고 벼락까지 맞은 놈을 무서워할 천치가 어디 있겠나!"

고스는 비릿한 웃음을 지으며 중얼거렸다. 그는 더 이상 이공자가 두렵지 않았다. 그토록 무서웠던 대공자를 저리 만든 이가 누구인가.

고스는 알았다.

루인 이공자의 몸 상태가 최악이라는 것을.

그에게 독을 먹인 사람은 다름 아닌 자신이었으니까.

고스는 당당했다.

현재 백작가에서 가장 높은 사람은 자신이었다.

"가서 전하라. 현재 이 몸이 해야 할 일이 많아 시간을 내기 어렵다고, 정 급한 일이거든 송구하지만 직접 오시라 하여라."

"그럴 필요 없다."

"……!"

호기롭게 외친 다음, 문 밖에서 들려오는 차가운 목소리.

고스는 순간 온몸의 털이 모두 쭈뼛 섰다.

끼이이익.

천천히 열리는 문.

그곳으로 고스의 시선이 돌아갔다. 그곳엔…… 두려운 표정의 카솔라니와 무서울 정도로 무심한 루인, 아니 아틸라가 있었다.

"루, 루인 이공자님!"

이공자를 처음 보는 순간 고스는 정말로 놀랐다.

머리카락이 쭈뼛쭈뼛 섰고, 눈빛을 마주하자 발가벗겨진 기분이었다. 마치 자신의 모든 생각을 다 알고 있는 듯한 느낌!

하지만 고스는 노련했다. 오랫동안 백작가에서 굴러먹던 사람이다. 고스는 이내 침착한 표정으로 웃으면서 그를 맞이했다.

"어쩐 일로 이 누추한 곳까지 오셨습니까."

"바쁘신 몸이라 그대가 직접 올 일이 없으니 내가 직접 올 수밖에."

"……!"

아틸라는 직설적으로 대답했다. 순간 고스의 페이스가 무너졌다.

'이놈이 언제 이렇게?'

고스는 당황했다.

아틸라의 말 한마디에 바로 휘둘려 버렸다.

애초에 이공자는 이렇게 직설적인 화법을 구사하는 인물도 아니었다.

또한 가신들에게도 반 존대를 하는 사람이었다.

한데 지금은 아니다.

너무나 당당했다.

가슴을 쫙 펴고 두려울 게 없다는 듯이 말하는 아틸라의 모습에 고스는 순간 말을 잃었다. 하지만 고스는 너구리였다.

쉽게 휘말릴 인물이 아니었다.

"하하하. 어찌 그런 섭섭한 말씀을 하십니까, 앉으시지요."

"……."

아틸라는 덤덤한 표정으로 고스의 맞은편에 앉았다.

이내 아틸라의 입가가 비틀어졌다.

"건방지군."

"……예."

"네놈, 정말 건방이 하늘을 찌르는구나."

"그, 그게 무슨 말씀이신지……."

고스는 당황하다 못해 넋이 빠졌다. 다짜고짜 건방지다고 호통치는 아틸라를 보며 순간적으로 머리가 돌아가지 않았다.

"그대가 내 위인가? 내가 그대의 아래인가?"

"어찌 그런 말씀을 하십니까? 이공자님!"

"그대는 내 아래다. 나는 백작가를 이어 나갈 후계자다. 내가 곧 바츨라브 백작가다. 한데 그대가 상석에 앉고 날 이 자리에 앉혀 내려 본단 말인가?"

"그런……!"

그제야 고스는 이해가 갔다. 당연히 높은 위치에 있는 사람이 상석에 앉아야 했다. 그것이 손님이라 하더라도 말이다. 굳이 따지자면 이공자가 당연히 상석에 앉아야만 했다. 그것까지 고스가 생각지 못했다.

'이거 일부러 시비를 거는군, 이공자……!'

크게 호통 치며 차갑게 말하는 아틸라를 보며 고스는 속으로 이를 갈았다.

지금껏 이공자는 자신을 견제하긴 했으나, 바로 앞에서 이리 호통 치지는 못했다. 그만큼 고스의 힘이 컸었고, 이공자에게는 그렇게까지 할 만큼의 배짱이 없었다.

"죄송합니다. 제가 미처 생각지 못했습니다. 이 자리에 앉으시지요."

"미처 생각지 못했다면 평소 나를 존중하지 못했다는 것을 뜻하는군. 정말로 오만하구나. 한낱 가신 주제에 말이다!"

아틸라는 대놓고 시비를 걸었다. 고스는 열이 머리끝까지 치솟았다. 손이 부들부들 떨었다.

이 어린놈이 면박을 주는데 어찌 화가 안 나겠는가. 그것도 누구나 다 알아차릴 정도로 꼬투리를 잡아서 말이다.

그러나 고스는 호락호락하지 않았다.

여기서 화를 낸다면 결국 아틸라의 의도대로 상황이 흘러간다. 그는 능글맞은 너구리였다.

고스는 참을 수 있었다. 하나 그가 간과한 사실이 하나 있었다.

이 방 안에는 고스와 아틸라를 제외하고도 다른 인물이 있었다.

바로 소인배 로엔이었다.

고스는 참을 수 있어도 로엔은 참을 수 없었다. 누가 봐도 일부러 시비 걸려고 꼬투리를 잡는 모습. 그것도 나른한 표정으로 말하는 아틸라의 모습에 로엔은 화가 치솟았다.

로엔은 잘 알고 있었다.

이공자가 새끼 호랑이라 불리던 시절이 아님을.

이공자가 먹은 독은 몸을 움직이면 움직일수록, 혹사시키면 혹사시킬수록 더욱 빠르게 퍼져 나간다.

천천히 생명령을 고갈시켜 가는 독!

자연히 근육이 빠지고 살이 빠지고 피부가 메말라 간다.

생기를 잃어 가는 것이다.

로엔은 자신만만했다. 눈앞의 이공자는 현재 한심한 수준이었다.

"말이 심하십니다, 이공자님!"

"자네는 뭔가?"

"도미니언 기사단의 수석기사 로엔입니다. 저는 실수를 인정하고 용서를 비는 행정 총관님께, 이공자님이 부당하게 사내답지 못한 행동을 하고 있음에 기사 된 자로서 참을 수가 없습니다!"

말은 청산유수였다. 하지만 그걸 지켜보던 고스의 얼굴

은 사색이 되었다.

지금 로엔의 저런 행동이 애초에 아틸라가 원하던 바였다.

'저, 저 멍청한 자식!'

고스는 눈앞이 깜깜해졌다. 자신이 극도의 인내심으로 참았건만 저 멍청한 소인배 자식이 사고를 치고 있다!

그 순간 아틸라의 입가에 희미한 미소가 맺혔다.

"어서 행정 총관님을 용서하시고 저분의 짓밟힌 위신을 살려 주시지요!"

"내 눈을 똑바로 보라, 로엔."

침을 튀기며 강력히 주장하던 로엔은 아틸라의 눈을 마주하는 순간 혼을 빼앗기는 기분이었다.

'몸, 몸을 움직일 수 없어!'

너무나 두려워서 몸이 완전히 경직되었다. 근육이 놀랐다. 정신이 놀랐다. 그리고 심장이 터져 나갈 듯 부풀었다.

실제로 혼을 빼앗겼다.

흑마법, 탈혼안(奪魂眼)!

눈빛으로 상대의 영혼을 뺏고 지옥의 공포를 뇌리에 직접 작렬시키는 강력한 흑마법!

그것이 아틸라의 눈을 통해 펼쳐졌다.

"으……어어."

로엔은 마나홀에 있던 마나를 회전시켰다. 탈혼안을 이겨 내기 위해 몸이 반응한 일이었다. 순간 방 안에서 강렬한 기운이 터져 나왔다.

공포!

지독한 공포가 로엔에게 쏟아졌다.

'이, 이대로는 죽는다!'

탈혼안은 분명히 무서운 흑마법이다.

극성에 달하면 세상 그 누구도 탈혼안을 벗어날 수 없다. 아틸라의 흑마법은 환혹과 환상에 가깝다. 그러나 루인의 육신은 그런 환혹과 환상을 펼쳐 내기에 아직 한참이나 부족했다.

현재 펼쳐지는 탈혼안은 본래 아틸라가 펼치는 능력에 십 퍼센트에도 미치지 못한다.

그 때문에 로엔은 탈혼안에서 벗어날 수 있었다.

'죽기 싫으면 내가 죽여야 해!'

뎅뎅뎅뎅뎅!

로엔의 머릿속에 경종이 울렸다.

뎅뎅뎅뎅!

죽음의 공포에 도달한 순간, 아드레날린이 폭발적으로 분비됐다.

로엔은 자신도 모르게 오른손을 검집에 가져갔다.

단 한 칼에! 로엔은 진심으로 아틸라를 죽이고자 마음

먹었다. 탈혼안의 영향이 너무 컸다. 탈혼안의 공포는 지옥이 도래하는 공포와 같다. 평범한 사람은 평생을 살아도 느끼지 못하는 초월적인 공포!

그것을 받아 낸 로엔은 그저 상대를 죽여야만 자신이 살 수 있다는 맹목적인 생각에 빠졌다.

로엔이 검을 뽑아내는 순간.

"어딜……!"

파지직!

아틸라는 벼락과도 같이 움직였다. 왼손으로 뽑으려는 로엔의 검을 다시 밀어 넣었다. 동시에 오른손으로 얼굴을 후려쳤다.

'이, 이 무슨……!'

너무 빠르다. 자신을 향해 날아오는 주먹!

마치 뇌전을 손에 움켜쥔 듯 튀는 스파크!

위험하다는 신호가 머리에서 울렸다.

하지만…… 피할 수 없었다.

정말 그의 움직임은 벼락이었다. 하늘에서 내리꽂히는 벼락!

그것이 정신을 잃기 전, 마지막 생각이었다.

쿠웅!

"……!"

단 한 방.

한 방에 끝났다. 아틸라의 손짓 한 번에 로엔은 곤두박
질쳤다.

덜덜덜덜.

쓰러진 로엔은 마치 오징어처럼 몸을 꿈틀거렸다. 경련
하는 사람처럼 몸을 거칠게 떨었다. 그 모습을 고스는 놀
람을 넘어선 경악으로 쳐다봤다.

"자, 이제 본론을 얘기하겠다."

아틸라는 이전의 나른한 표정과 목소리는 버렸다.

예의 그 무심한 표정으로 차가운 말투를 내뱉었다.

꿀꺽.

고스는 마른침을 삼켰다.

눈앞에 있는 이공자는 더 이상 새끼 호랑이가 아니다.

고스는 아틸라를 보며 한 인물을 떠올렸다.

'가주⋯⋯!'

철혈정치를 펼치던 바츨라브 백작!

제국 남부를 질타하던 야수의 젊은 시절을 보는 착각에
빠졌다. 고스는 침을 삼켰다. 이상했다. 이럴 일은 없었
다. 저 새끼 호랑이는 중독되어 야수는커녕 사냥개보다
용맹치 못했다.

한데⋯⋯ 어째서?

독에 중독된 것이 아니었단 말인가?

"딴생각 말라, 고스."

아틸라가 그의 생각이라도 읽은 것처럼 말하자 고스는 정신이 번쩍 들었다.

"네, 말씀하십시오, 이공자님."

고스는 허리를 깊숙이 숙였다. 오랫동안 백작가에서 살아온 그의 직감이 말해 주고 있었다. 지금은 숙이고 또 숙여야 할 때라고.

"내가 원하는 것은 말이다. 우리 형님의 행방이다."

쿵!

고스의 머릿속에 벼락이 떨어졌다. 그답지 않게 경악이 얼굴에 그대로 나타났다.

아틸라가 희미하게 웃었다.

"형님의 시체는 어디에 있나?"

"……!"

고스는 그대로 넋을 잃었다.

아틸라가 웃었다.

그가 웃을 땐 늘 세상은 피에 잠겼다. 그가 한 번 웃으면 로마의 도시 하나가 불바다에 잠겼다. 그의 웃음은 공포와 지옥의 상징이었다.

고스는 그걸 느꼈다.

"그, 그게 무슨 말씀이십니까. 대공자님의 시신은 현재 대대로 바츨라브가(家)의 핏줄을 묻어 온 선산에 안치되어 있지 않습니까?"

"그래? 확실해?"

아틸라가 은근한 목소리로 물었다. 고스는 침을 꿀꺽 삼키며 고개를 끄덕였다.

"그, 그렇습니다. 미천한 저로서는 도대체 이공자님께서 무슨 말씀을 하시는지 모르겠습니다."

"흠, 내가 잘못 알았나 보군. 긴장하지 말아, 고스. 오늘 네가 보인 건방과 오만은 특. 별. 히. 용서해 줄 테니까."

아틸라는 어느새 완전히 말을 놓았다. 마치 친우를 대하듯 말했지만 고스는 그걸 깨달을 틈이 없었다.

"좋아, 고스, 그동안 혼자 가문의 일을 해내느라 힘들지? 이제 앞으로 나한테 맡겨. 바츨라브 백작가의 후계자인 내가 결정해야 할 사안들이 많을 테니까."

"그, 그것은……!"

고스가 화들짝 놀랐다. 여러 행정 및 실무를 최종으로 확인하고 결의하는 사람은 고스다. 한데 그것을 이공자에게 빼앗겨 버린다면 자신은 권력의 상당 부분을 잃는 일이다. 고스가 거절하려는 기색을 보이자 아틸라는 희미하게 웃으며 그를 내려다보았다.

웃음은 웃음이다.

하지만 저토록 차갑고 소름 끼치는 웃음이 또 있을까.

"내가 들었는데 말이지. 형님이 옛날에 사막의 독 전갈에 물렸다는군. 그래서 치명적인 상처를 입어서 산에 들어가 요양을 했다고 하더라?"

"……그, 그런 일이 있었습니까? 저, 저는 전혀 몰랐습니다만."

"이런, 난 자네가 그 누구보다도 더 잘 알고 있을 거라 생각했는데."

고스는 그대로 굳어 버렸다.

'다, 다 알고 있어!'

공포에 빠졌다. 그 누구도 모른다. 자신과 자신의 심복들을 제외하고는 아무도 모르는 사실이다. 고스가 순간 쓰러져 있는 로엔에게 시선을 옮겼다.

그 사실을 아는 이는 자신과 로엔밖에 없다.

한데 앞의 이공자가 어찌 알고 있단 말인가?

설마 로엔이……?

'아냐, 그럴 리는 없다. 저놈이 그토록 무시하던 이공자에게 붙을 리 없지!'

금방 벌였던 짓만 해도 그렇다. 그렇다면 이공자에게 자신이 모르는 정보통이 있다는 것! 고스는 그것만 해도 큰 수확이라 생각하며 고개를 끄덕였다.

"감사합니다, 이공자님. 덕택에 과중한 업무에서 빠져

나올 수 있을 것 같습니다."

"그렇지?"

"예, 앞으로 중요한 서류들을 방으로 보내 드리겠습니다."

끄덕.

아틸라는 고개를 끄덕이며 자리에서 일어섰다.

더 이상 볼일이 없다.

무엇보다 지금 아틸라는 기분이 무척이나 안 좋았다.

쓰러져 있는 로엔을 보는 아틸라의 눈길은 무척이나 싸늘했다.

고스가 자리에서 일어나 허리를 바닥까지 숙이면서 말했다. 그의 목소리에는 두려움이 가득했다.

"살펴 가십시오."

쾅!

아틸라가 방문을 닫고 나가자 방에는 무서울 정도로 침묵이 가라앉았다.

털썩.

고스는 그대로 의자에 주저앉았다. 다리가 덜덜 떨렸다. 온몸에 식은땀이 잔뜩 흘렀다. 공포에서 해방된 기분이었다.

다 알고 있었다. 이공자는.

그 모든 것들을······.

'룩스 따위가 위협이 아니다. 진심으로 위험한 놈은 저

자식이야. 새끼 호랑이인 줄만 알았더니, 어느새 제 형보다 더 무서운 야수가 되어 있었구나!'

고스, 그가 이 세상에서 아틸라의 무서움을 깨달은 첫 번째 인물이었다.

3.
한 방이면 된다, 로엔

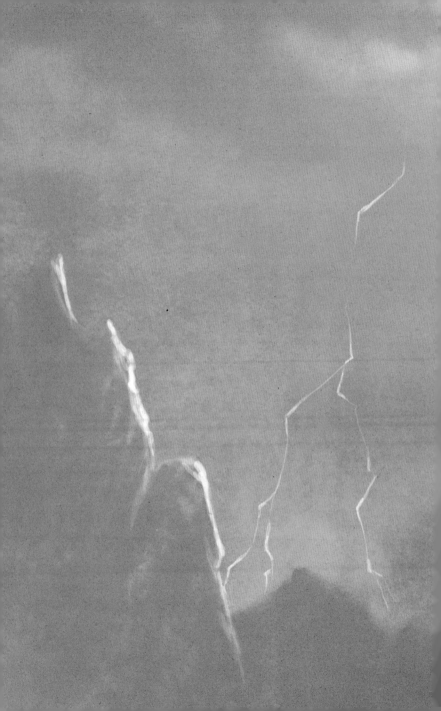

쾅!

방으로 들어온 아틸라는 탁자를 강하게 내려쳤다. 뇌기가 폭발하면서 탁자는 조각나 바닥에 흩뜨려졌다.

"한심하군."

아틸라는 거울을 바라보며 중얼거렸다. 절로 이가 갈렸다. 오늘은 정말 짜증나는 날이다.

자신이 한심할 정도로 약하다는 사실을 깨달은 날이니까.

탈혼안이 이리 쉽게 깨질 순 없었다.

본래 아틸라의 흑마법은 환상계열에 속해 있다. 남들에게 공포를 주어 정신을 지배하는 흑마법! 한데 로엔에게는 완벽히 통하지 않았다.

바로 그것은 마음가짐에 있었다.

상대 정신력의 빈틈을 비집고 들어가 마구잡이로 뭉개 놓고 공포라는 감정을 확산시키는 것이 기본이다.

로엔은 아틸라에게 공포는 느꼈지만, 그것이 아틸라가 예상했던 정도의 공포는 아니었다.

파멸과 지옥을 향해 들어가는 망자의 공포!

그러나 애초에 로엔은 아틸라에게, 정확히 말하자면 루인을 두려워하는 감정이 없었다. 오히려 무시했다. 그랬기에 탈혼안에 당한 상태에도 무의식적으로 이겨 낼 수 있다는 감정이 생겼고, 그것이 끝내 탈혼안에서 벗어나게 되는 원동력이 되었다.

과거 아틸라는 세상 모든 이들에게 두려움의 존재였다.

그에게 공포를 느끼지 않는 이는 없었다.

그래서 아틸라는 환상 쪽의 흑마법을 익혔다. 모든 이가 자신을 두려워하니, 흑마법을 써 주면 백이면 백 다 통했다. 한데 이곳에는 자신을 두려워하는 인물이 없다.

'흑마법이면 모두 될 줄 알았더니…….'

흑마법은 파괴적이고 강렬하다.

제대로만 익히고 통한다면 그 누가 아틸라에게서 벗어날 수 있을까.

그렇지만 지금은 아니었다.

지금 아틸라는 루인이었고, 과거의 그에 비해 한없이 약한 존재였다.

'잠깐이다. 세상 모든 이들이 다시 날 두려워할 것이다.'

그렇지만 탈혼안으로 얻은 정보도 많았다.

탈혼안이 단지 상대의 혼을 빼놓는 흑마법일 뿐이겠는가?

아니다. 탈혼안의 진가는 다른 부분에 있었다.

상대의 기억을 읽을 수 있다!

그래서 아틸라는 로엔의 기억을 일부 읽을 수 있었다. 만약 탈혼안이 극성으로 제대로 이루어졌다면 모든 기억을 다 읽었을 것이고, 로엔은 백치가 되었으리라.

다행히 일부만 읽었으니 로엔은 백치가 되지 않았다.

물론 어딘가 모자라거나 성격이 변했을 수는 있지만 말이다.

로엔의 기억을 읽어 얻은 성과는 굉장했다.

바로 고스를 나락에 빠뜨릴 만한 결정적인 정보가 있었다. 또한 고스와 룩스가 이번 사태의 핵심이 아님을 알았다.

고스는 애초에 철혈의 바츨라브 백작을 어찌할 생각을 하지 못했다.

백작을 저리 만든 세력은 따로 있다.

고스도 어림짐작할 뿐, 실체는 그 누구도 예상하지 못했다. 다만 아틸라는 직감적으로 느꼈다. 아주 오랫동안 백작가 내에서 암약해 온 거대한 세력임을!

아주 옛날부터 천천히…… 오늘의 일을 계획하고 실천해 왔으리라.

고스와 룩스는 단지 기회가 보여 변심한 것에 불과했다.

그렇다고 해도 고스와 룩스를 용서할 순 없었다.

백작이 쓰러지고 하나둘 충신들이 죽거나 사라진 일은 분명 저 거대한 검은 세력이 벌인 일이 분명했다. 하지만 대공자와 루인을 이리 만든 건 고스와 룩스의 파벌들이다.

그리고 알게 모르게 고스와 룩스에게도 저들의 손길이 닿아 있었다. 어디선가 이 모든 사태를 주관하며 조종하고 있으리라.

"하여튼 간에 모두가 평범하게 죽지는 않을 것이다."

아틸라의 눈이 불을 뿜었다.

자신이 마음먹은 이상, 세상에서 살아남을 수 있는 이는 없다.

어쩌면 오만한 생각일지도 모른다.

하지만 아틸라는 그런 오만함이 가능한 존재였다.

"그런데…… 이건 좀 심각한 문제군."

별안간 아틸라의 표정이 심각해졌다.

이번에 발견한 또 다른 문제점이 있었다.

바로 지금 자신이 루인의 육신을 가지고 있단 사실이다.

로엔이 검을 뽑으려 했을 때, 예상대로였다면 검을 막고 순식간에 명치와 얼굴을 최소한 세 번 빠르게 가격했어야만 했다.

아틸라는 분명히 머릿속으로 그렇게 생각했고, 반응했다.

하지만 몸이 따라 주지는 못했다.

평소 루인이 수련을 게을리하지는 않았지만, 독으로 피폐해졌던 신체였다. 다행히 순간적으로 뇌기를 끌어 올려서 로엔을 막고 가격할 수 있었다.

벼락은 빠르다.

압도적으로 빠르다. 그 빠름이 손에 깃드니 무시무시한 속도를 낼 수 있었다.

그렇지만 만족할 수 없었다.

이곳은, 솔직히 말해 로마와 훈보다 무력이 발전했다.

아틸라가 놀란 점은 바로 진기, 그러니까 이곳에서의 마나에 대한 부분이었다.

훈과 로마에서는 진기를 몸속에 가두는 법이 개발되지 않았다. 그저 오랫동안 싸움에 익숙해진 전사들이 자신도 모르게 자연에 있던 일부 진기를 끌어다 싸울 뿐이다.

그러나 아틸라는 알았다.

자신의 몸에 진기를 가득 담고 그것을 강하게 만드는 법을.

그것 하나만으로 아틸라는 훈 제국의 최강자가 될 수 있었다.

'놀랍다. 이곳 기사들은 마나연공법이라는 것을 익히고 있구나!'

이미 진기, 아니 마나를 몸에 담고 그것을 수련시키는 방법이 개발되고 발전되어 왔던 것이다.

훈에서는 적수가 없었다. 로마에서도 적수가 없었다. 영웅 에이시우스? 그도 아틸라에겐 별 볼 일 없었다.

그가 최강이었으니까.

'이 비루먹은 육신을 강하게 채찍질해야 돼!'

전보다 더 강해져야 한다. 욕구가 치솟았다. 이 세상엔 호적수가 많을지도 모른다. 아니, 어쩌면 자신의 경지를 넘어선 존재들이 있을지도 모른다.

그리고 백작가를 집어삼키려는 저 거대한 세력에는 그런 이들이 분명 있으리라.

흥분으로 가슴이 뛰었다.

수련해야 했다. 육체를 강하게 단련시켜야만 했다. 또한 몸속에 담겨 있는 뇌기를 백퍼센트 끌어 올릴 수 있게끔 무언가 방도를 찾아야 했다. 그렇게만 된다면 아틸라는 과거보다 더 강해질 수 있으리라!

'강해져 돌아가마! 데일라여, 에이시우스여!'

아틸라.

그가 뜻을 품었다.

❧

연무장.

많은 기사와 수련생이 연신 땀을 흘리며 검을 휘두르고 있었다.

휙! 휙! 휙!

"독하군, 독해."

"그러니까, 어떻게 쉬지도 않고 반나절을 저리 달릴 수 있지?"

기사 몇몇이 서로 모여 속닥거리기 바빴다.

그들의 시선이 도달하는 곳에는 땀을 뻘뻘 흘리면서 달리기를 멈추지 않는 아틸라가 있었다.

아틸라는 비 오는 듯 땀을 흐르고 있었다.

얼굴은 붉게 달아오르다 못해 이제는 창백해지고 있었다.

산소 공급이 이루어지지 못하는 것이다.

하지만 아틸라는 멈추지 않았다. 저렇게 위태롭게 비틀

거리는 일이 벌써 반나절째다. 갑자기 모습을 드러내어 무작정 달리기를 시작한 지가 한 달이 지났다.

'전쟁은 지구력이다.'

아틸라는 미래를 내다보았다.

분명 큰 전쟁이 있을 것이다. 전쟁의 화마가 세상을 뒤덮고 울부짖음이 가득한 지옥이 반드시 오리라.

전쟁에서 평생을 살아온 아틸라는 지구력이 전쟁에서 살아남는 가장 기본적인 조건이라 생각했다.

어차피 전쟁에서 눈먼 칼에 맞아 죽나, 정확한 화살에 맞아 죽나 똑같다. 단지 누가 오랫동안 버티냐에 달려 있다. 며칠 밤을 자지 않고 버틸 수만 있다면 쉽사리 죽지 않는다.

아틸라는 한 달 가까이 자신의 한계를 부쉈다.

루인의 육체가 가지고 있는 한계를!

육체가 한계라고 느낀 순간 멈춘다면 성장은 없다.

그렇지만 그 한계를 이 악물고 버텨 내면 새로운 한계가 기다리고 있다. 그렇게 한 단계씩 한계를 벗어나면 어느새 초인적인 체력을 가지게 된다. 아틸라는 끊임없이 한계를 초월했다.

온몸에 그는 모래주머니를 주렁주렁 달았다.

다리에는 근육이 한 달 전과는 달리 잔뜩 붙었다.

야생마와 같은 탄탄한 근육! 모래주머니를 팔에 달고

뛰기 때문에 어깨와 팔뚝에도 오밀조밀한 근육이 잡혀 있었다.

"헉, 헉, 헉, 헉!"

눈앞이 흐려졌다.

한계가 보였다. 하지만 아틸라는 이를 악물었다.

그리고…… 끝내 아틸라는 다시 한 번 한계를 넘었다.

털썩.

다리에 힘이 풀려 바닥에 쓰러진 아틸라. 그런 그를 보며 많은 기사들이 독하다는 듯 혀를 찼다.

특히 로엔은 눈을 치켜뜨며 지켜보고 있었다.

"웃기는군. 무작정 달리기만 하면 강해질 줄 아나?"

로엔에게 있어서 한 달 전의 일은 수치로 남았다. 다시는 떠올리기는 싫은 기억. 하지만 늘 머릿속에 그때의 잔영이 남아 있었다.

아틸라의 공포!

그 공포 때문에 자기도 모르게 몸서리치고 나면 수치심이 몰려왔다. 그래서 로엔은 아틸라를 볼 때마다 두려움과 동시에 살심이 마구 솟구쳤다. 그의 성격은 전과 달리 많이 포악해졌다.

유창한 언변과 잘생긴 외모로 능글맞았던 그의 성격이 지금은 별일도 아닌 것에 쉽게 화내고, 도통 갈피를 잡을 수 없는 포악한 성정이 되었다.

그런 이유로 그의 곁엔 점차 사람이 없어졌다.

그렇지만 로엔의 말에 토를 다는 사람도 없었다.

원래 실력이 출중해 젊은 나이에 수석기사까지 된 로엔을 건드려선 좋을 일이 하나도 없었다. 또한 대부분의 기사가 로엔의 말에 동의했기 때문이다.

실제로 달리기만 해서 체력이야 기를 수는 있을 터.

하지만 기사라면 모름지기 검술을 익혀야 했다. 대부분의 기사들은 간단한 워밍업으로 체력을 기르고 몸을 푼다. 그 외의 시간들은 검술과 마나연공법에 모두 투자한다.

반나절을 달리기만 하는 아틸라가 우스울 수밖에 없었다.

"또 쓰러지셨네."

남자만 가득한 연무장에 종종걸음으로 달려오는 여인이 있었다.

루나였다. 루나는 별달리 놀란 표정을 짓지도 않았다. 매우 익숙한 상황인지 한숨을 푹 내쉬며 가녀린 몸으로 아틸라를 부축했다.

처음 아틸라가 쓰러져서 방으로 왔을 때 루나는 얼마나 놀랐는지 모른다. 세상에 수련을 얼마나 격하게 했다면 쓰러질까.

무엇보다 옛날에 격한 수련을 하다가 구토를 하며 쓰러진 적이 있었다. 설마 다시 그러는 것일까 하고 얼마나 걱정했을까.

기우였다.

아틸라는 고작 세 시간 만에 정신을 차렸다.

그리고 비틀거리는 몸짓으로 다시 연무장을 향했다.

루나가 안타까움에 발을 동동거려도 소용없었다.

아틸라의 의지는 그 누구도 꺾지 못했다. 다시 연무장으로 간 아틸라는 수련을 계속했다. 그렇게 매일 달리다가 쓰러지고, 깨어나 다시 수련하는 일상이 반복됐다.

자연히 아틸라가 쓰러지면 가장 먼저 달려오는 이는 루나였다.

루나에겐 더 이상 아틸라를 두려워하는 기색이 보이지 않았다.

흉흉하기 짝이 없는 눈빛은 아직도 무섭다.

하지만 그가 계속 정신을 잃는 모습을 보니, 이젠 안타깝고 동정마저 생긴다. 그도 같은 사람이란 생각에 루나는 아틸라를 저번처럼 두려워하지 않게 됐다. 물론 아틸라가 눈을 치켜뜨고 미간을 찌푸리는 것만큼 두려운 일은 없었지만 말이다.

"이공자님, 이제 그만하셔요. 왜 이리 몸을 혹독하게 다루시는 거예요?"

루나는 아틸라를 부축하며 울상을 지었다. 그러나 가녀린 루나가 부쩍 근육이 붙고, 땀 때문에 무거워진 아틸라를 부축하기란 쉽지 않은 일. 그렇게 루나가 힘겨워할 때, 별안간 루나의 어깨가 가벼워졌다.

"내가 도와주겠다."

번쩍.

루나는 눈을 크게 떴다. 한 젊은 기사가 아틸라를 들어 올리더니 등에 업었다. 루나는 고맙다는 의미로 고개를 숙이고는 길을 안내했다.

로그리스.

젊은 기사의 이름이었다.

요 며칠 동안 로그리스는 아틸라의 수련을 쭉 지켜봐 왔다.

아틸라를 보면 가슴이 뛰었다. 미친 듯이 노력하는 그의 모습에 로그리스는 깊은 인상을 받았다.

로그리스는 대표적인 노력파였다. 로그리스와 또래인 로엔이 뛰어난 재능을 갖고 있어 출중한 실력을 갖게 된 반면, 로그리스는 재능이 없었다.

그렇다고 둔재라고 하기도 뭐했고, 단지 평범했다.

그러나 로그리스는 그것을 노력으로 극복했다.

어린 시절부터 미친 듯이 검을 휘둘렀다. 로엔이 한두 번 검을 휘두를 때, 로그리스는 열 번, 백 번 휘둘렀다. 처음엔 그렇게 로엔과 비슷한 선상에 있었다.

하지만 시간이 흐를수록 재능의 차이는 더욱 커져만 갔다.

자신은 정체되어 있는데 로엔은 저 멀리 나아가 있었다.

그 기분을 알까?

누구는 자신보다 게으른데 단지 재능만으로 앞선 간다. 마치 당연한 것처럼.

그토록 비참한 기분이 또 어디 있겠는가!

그래서일까? 얼마 전부터 도저히 늘지 않는 실력에 로그리스는 좌절을 맛봤다.

결국 노력으로 천재적인 재능은 이길 수 없음일까?

로그리스는 자신도 모르게 그렇게 생각해 왔다.

하지만 생각이 바뀌었다.

'노력, 내가 한 것이 진정한 노력이었던가?'

아틸라의 모습은 로그리스에게 충격이었다.

자신의 한계까지 몰아붙이는 그 무식한 수련.

죽을 때까지 뛰고 또 뛰고, 끝내 한계를 넘고 쓰러지는 것을 반복하는 아틸라.

하루하루가 지날 때마다 한계는 깨졌다.

매일 아틸라는 자신이 전날 뛰었던 거리의 두 배 가까이를 뛰었다. 더 이상 안 되리라 생각되어도 아틸라는 그것을 무시하듯 한계를 넘었다. 새로운 한계가 만들어지고 그것을 다시 넘고……

처음 로그리스는 아틸라를 우습게 생각했다.

되지도 않는 것을 행하려는 바보라고. 그래서 보여 주려고 아틸라가 뛸 때 같이 뛰었다. 처음엔 로그리스가 확실히 우세였다. 하지만 날이 갈수록 로그리스는 아틸라를 이길 수 없었다. 근래에는 체력으로 아틸라를 쫓아가기란 절대 불가능한 일이 되고 말았다.

자신이 두, 세 시간이면 헐레벌떡하여 쓰러지는 반면, 아틸라는 반나절을 넘게 뛰었다. 어느새 격차가 그만큼 나 버렸다.

그것이 진정한 노력이다.

로그리스는 드디어 깨달았다.

자신이 행한 것은 단지 노력을 표방한 수련일 뿐, 진짜 노력은 아니었다.

'이공자…… 백작가의 새끼 호랑이. 나는 처음에 그가 재능을 타고난 천재인 줄만 알았다. 한데, 아니었구나. 진정 노력만으로 그는 새끼 호랑이라 불리는 것이었어.'

아틸라를 생각하는 로그리스의 얼굴엔 존경의 빛이 어렸다.

⚜

"크윽……."

온몸이 무거웠다. 팔과 다리가 떨어져 나갈 것만 같았

다. 하지만 몸만큼은 상쾌했다. 온몸의 땀을 다 흘려버리자 그것만큼 기분 좋은 일이 없었다.

아틸라는 탁자 위에 떠 놓은 냉수를 마셨다.

벌컥벌컥.

"흐……후우."

시원하다.

아틸라의 정신이 맑아졌다.

주위를 둘러보니 팔과 다리에 매달았던 모래주머니가 벗겨져서 가지런히 놓여 있었다.

"흠……."

누가 그랬는지 짐작이 온다.

바로 루나이리라. 자신이 시키지 않아도 연무장에서 기다리다 쓰러지면 맨 먼저 달려와 이곳으로 옮겨 놓고, 이렇게 모래주머니까지 벗겨 놓고 물을 떠다 놓는다.

"기특하군."

속내를 잘 비치지 아틸라의 솔직한 심정이었다.

사실 아틸라는 이곳에서 루나를 가장 신뢰했다.

다른 하인과 시녀는 그저 감시자일 뿐이었다.

루나만이 진정 순수한 마음으로 자신을 챙겼다. 아틸라가 루나를 신뢰할 수밖에 없는 이유였다.

"하기야, 원체 이 몸뚱이가 미남이어야지."

아틸라가 쓴웃음을 지었다.

루나가 루인을 흠모했단 사실은 연애경험이 별로 없는 아틸라도 바로 알아차릴 수 있었다.

루인은 무척이나 미남이었다.

윤기가 흐르는 금발 아래 드러난 날렵한 턱 선과 짙은 송충이 같은 눈썹은 강렬했고 시원시원했다. 이목구비가 아주 뚜렷했다.

'정말 다르군.'

문득 든 생각이다.

과거 아틸라는 쉽게 말해 무섭게 생겼다.

처녀 허리통만 한 팔뚝에 고목의 뿌리줄기처럼 억세기 그지없는 허벅지. 수많은 상처로 도배된 얼굴과 몸통!

그에 반해 루인의 얼굴은 곱상하기까지 하다. 그것이 계집애 같다 하며 비하했지만, 지금은 루인의 외모가 은근히 마음에 드는 아틸라였다.

룩스.

바츨라브 백작가의 외무관 룩스는 근래 힘이 났다.

고스의 세력이 너무 커져 이제는 자신이 어찌할 수 없을 정도로 강해졌다. 자신의 파벌에서 하나둘 떠나는 사람이 나타날 정도였다.

그런 와중에 가뭄에 단비가 내렸다.

이공자가 본격적으로 행동하기 시작한 일이다.

본래 룩스 또한 이공자를 견제했다. 야수의 핏줄이다. 새끼 호랑이라는 별명도 가지고 있다. 견제할 수밖에 없는 존재였다.

그런데 이공자가 고스의 세력을 견제하기 시작했다. 행정을 총괄하며 권력을 움켜쥐던 고스였지만, 대부분의 최종 결의안이 이공자 손에 들어가면서 그 세력이 급속도로 약해졌다.

자연 고스 파벌은 아틸라의 행보에 반대했지만 룩스는 아틸라를 지지하고 나섰다. 고스의 세력이 약해지면 좋은 건 룩스 자신이었으므로.

"왜 그리 웃고 있지, 룩스?"

갑자기 뒤에서 들려오는 음침한 목소리에 룩스가 경련을 일으키듯 몸을 떨었다.

"주, 주인님!"

"룩스, 아직도 백작가 하나를 어찌 못 했나?"

"그, 그것이 고스, 그놈이 워낙 잔머리를 굴리다 보니……."

"이럴 줄 알았으면 네놈이 아니라 고스를 택할 걸 그랬나."

룩스가 바닥에 몸을 엎드렸다.

뒤에는 아무도 없었다. 아무런 형체도 보이지 않았다. 다만 검은색의 그림자가 일렁일 뿐이었다.

룩스에게 그림자는 공포였다.

어느 날 나타나 백작가를 집어삼키라고 말한 그림자!

그 정체는 알 수 없었다.

감히 알려고 하지도 못했다.

"조, 조만간 백작가를 갖다 바치겠습니다!"

"똑바로 일을 처리하도록 룩스. 난 기다리는 것이 매우 지루하다. 이 지루함을 달래려면 많은 피가 필요하거든."

순간 허공에 핏줄이 그어졌다.

룩스의 이마에 길게 줄이 그어지더니 피가 콸콸 흘러내렸다. 룩스의 얼굴이 두려움으로 일그러졌다.

"알, 알겠습니다!"

"아, 그리고 루인 이공자가 최근에 날뛴다며?"

"그, 그렇습니다. 덕택에 너구리 놈의 세력이 약해지고 있습니다."

"흠, 듣자하니 대공자 같다고 하더군."

"대공자의 행보와 매우 유사합니다. 대공자가 우선 권력을 장악하기 위해 한 일이 백작가의 모든 일을 서류화해서 자신이 직접 관리하는 것이었습니다. 자연히 힘이 대공자에게 몰릴 수밖에 없었죠."

"그래서 대공자를 죽였지. 그렇지 않은가?"

"그, 그건 고스 놈이……!"

"같이 행해 놓고 뭘 그래."

그림자가 웃었다.

룩스는 몸을 바들바들 떨었다. 단지 지켜보고만 있으면 서 그림자는 모르는 것이 없었다. 도저히 벗어날 수 없는……

말 그대로 그림자였다.

고스는 그것도 모르고 자신이 백작가를 차지하겠다고 날뛰고 있겠지.

진정 백작가의 주인이 될 사람은 바로 이 앞에 있는데…….

"하여튼 이공자를 조심하는 게 좋을 것 같아. 야수의 핏줄은 어디로 가지 않으니까."

"충고 새겨듣겠습니다."

"조만간 또 나타나지. 룩스."

그림자는 사라졌다.

그럼에도 룩스는 고개를 들 수 없었다.

뜨거운 열기가 훅훅했다.

영주성 내에 있는 대장간. 많은 대장장이들이 작업에 몰두하고 있었다. 아틸라가 등장했지만 그 누구도 시선을 주는 이 없었다.

마음에 들었다.

아틸라는 대장장이를 존중했다. 그들의 손에서 나오는

무기야말로 전쟁의 핵심이었다. 대장장이만큼 귀한 인적 자원이 또 존재할까.

아틸라는 기다렸다.

얼마나 시간이 지났을까.

한 늙은 대장장이가 작업을 끝내고 아틸라에게 다가왔 다.

"오셨습니까? 이공자님."

"그래."

"저번에 주문하신 배틀액스(battle—ax) 두 자루가 모두 완성되었습니다."

늙은 대장장이는 아랫사람을 시켜 무언가를 들고 오게 끔 했다.

쿠웅!

장정 둘이 상자를 내려놓자 먼지가 자욱하게 일었다.

아틸라는 직접 다가가 상자의 뚜껑을 열었다.

"근사하군."

상자 안에는 양쪽으로 날이 서 있는 커다란 배틀액스 두 자루가 놓여 있었다. 도끼날에는 척 봐도 무서운 예기 가 잔뜩 흐르고 있었다.

손가락을 대자마자 피부가 갈라지고 피가 흘러나왔다.

아틸라의 입가에 만족스런 미소가 지어졌다.

이곳에도 전투 도끼는 많았다. 하지만 아틸라의 마음엔

들지 않았다. 대부분의 전투 도끼가 날이 한 쪽에만 있었을 뿐더러, 휴대하기 편하게 무게가 역시 가벼운 편이었다.

그러나 도끼는 일격필살(一激必殺)의 무기다.

단 한 방에 상대를 짓이겨 죽이지 못한다면 치명적인 약점을 갖게 된다.

아틸라는 이런 도끼의 특징이 마음에 들었다.

굳이 베고 찌르고, 화려한 초식이 필요 없다.

단 한 방!

그 한 방으로 적을 모두 베어 낼 수 있으니 얼마나 매력적이란 말인가.

단 일격에 필살하려면 파괴력이 극에 달해야 했다.

그것을 살리기 위해 아틸라는 무게를 늘렸다. 또한 전장에서 전 방위로 날뛸 수 있게 양날로 새롭게 제작했다.

아틸라는 호기롭게 한 손으로 한 자루를 들어 올렸다.

꿈틀!

"맙소사……!"

"저걸 한 손으로 들었어?"

"대단한 괴력이군!"

지켜보던 대장장이들이 수군거렸다. 특히 제작에 직접 참여했던 늙은 대장장이와 그의 제자 몇몇의 놀라움은 더했다.

본래 배틀액스는 한 손으로도 다룰 수 있는 무기다.

하지만 아틸라의 주문대로 제작하다 보니, 이건 한 손으로는 커녕 양손으로 들 수나 있을까 생각이 들 정도로 무거웠다.

근데 그것을 한 손으로 들어내다니!

'이거, 아직 죽을 맛이군.'

배틀액스를 들어 올린 아틸라는 쓰게 웃었다.

이 정도 무게라면 과거 자신의 무기에 비해 가벼운 편에 속한다. 한데 들어올리기도 사실 벅찼다. 그렇지만 아틸라는 버텨 냈다. 이제 이것을 가볍게 휘두를 정도로 수련해야만 했다. 아틸라는 이어 나머지 배틀액스도 들어 올렸다. 그리고 줄을 감아 배틀액스를 등에 X 자로 매달았다.

허리가 끊어질 듯했다.

그동안 팔과 다리를 비롯해 온몸에 전체적으로 골고루 근육이 붙었다. 그러나 배틀액스의 무게는 상상을 초월했다.

'이 정도로 쓰러지면 안 되지.'

아틸라는 다시 무기를 제작할 의도는 없었다.

이대로 수련한다면 분명 가볍게 다룰 수 있게 되리라.

"아, 그리고 하시온."

"예, 이공자님."

하시온이라 불린 늙은 대장장이가 고개를 숙였다. 그는 이 대장간의 총책임자였고, 아틸라가 보기에도 뛰어난 장인이었다.

"젊고 실력이 좋은 대장장이 셋을 선별해 달라고 했는데……."

"예, 선별해 놓았습니다. 그런데 어떤 이유로……?"

"그건 묻지 마. 그들에게도, 나에게도 좋은 일이니."

아틸라는 뒤에 있던 젊은 대장장이 셋을 이끌고 대장간을 나갔다.

그가 향하는 곳은 백작가 뒤에 위치한 마구간이었다.

마구간에 도착하자 마구간지기 노린이 빠르게 뛰어왔다.

"오셨습니까, 이공자님."

"노린, 내가 저번에 해 놓았던 말 기억하지?"

"물론입니다."

노린은 머리가 반쯤 벗겨진 중년인이었다. 백작가에서 그만큼 말에 대해 아는 이는 없을 정도로 말과 친하고 말을 다루는 재주가 몹시 출중했다.

"이자들에게 매일 아침마다 말 타는 법을 가르쳐 주게."

"예, 알겠습니다."

그 말에 놀란 건 대장장이들이었다.

세상에 어떤 대장장이가 승마술을 배운단 말인가?

승마술은 기사만의 전유물이다.

"저, 저희가 승마를 배운단 말입니까?"

놀란 대장장이가 소리쳤다. 아틸라의 미간이 찌푸려졌다.

"단순한 승마가 아니다. 너희들은 말을 타고 초원을 내달려야 한다."

"저, 저희들은 기사가 아니라 단지 대장장이일 뿐인데."

"그렇다. 너희들은 장인이다. 나는 너희들을 기마장인(騎馬匠人)으로 만들 셈이다."

"기, 기마장인이요?"

기마장인!

그것은 훈족에게만 있었던 독특한 직업이었다.

걸음을 떼고 훈족 사람들이 가장 먼저 배우는 것은 언어도, 전투도 아닌 바로 승마였다. 훈족만큼 세상에 말과 친한 사람들이 또 있을까.

자연히 무기를 수리, 제작하는 장인들도 말 타는 실력에서만큼은 타의 추종을 불허했다.

보통 훈족은 전투를 치를 때 약 300명 내외로 공격대를 구성한다. 그들은 말을 타고 빠르게 움직인다. 공격대가 지나가는 자리에는 풀 한 포기 자라지 않을 정도로 파괴적이다.

한데 그렇게 날뛰다 보면 그들의 활, 도끼, 검 등 많은 병장기들이 부서지거나 날이 나가는 일이 빈번했다. 그렇지만 곧바로 수리할 수도 없는 일이었다. 로마인들의 전쟁처럼 대장장이를 끌고 다니려면 공격의 최장점인 기동력을 포기할 수밖에 없었다.

그래서 고안된 것이 바로 기마장인이다.

수많은 연장을 등에 가득 메고 말을 타고 내달리는 기마장인!

병장기가 부서지거나 날이 나가면 즉시 그 자리에서 수리를 한다. 그렇게 한 공격대에는 세 명이 한 조가 되어 기마장인이 투입되었다.

활에 능하고 전투에 귀신이 된 자, 인간병기들이 공격을 맡고 뒤에서 기마장인들이 따른다!

그 강력했던 로마제국을 무너뜨리던 훈족만의 힘이었다.

"또한 누가 승마가 기사들만의 전유물이라 했는가?"

"그, 그것은……."

대장장이들의 눈빛이 흔들렸다.

사실 사내로 태어나 말을 타고 질주하는 꿈을 그 누가 생각해 보지 않았겠는가.

다만 할 수 없었을 뿐이다.

기사들의 전유물이란 인식이 박힌 상황. 평민 출신인 자신들이 할 수 있는 일이라곤 대장장이 짓밖엔 없었다. 그런데 지금 말이 기사들만의 전유물이 아니라고 한다. 자신들도 말을 탈 수 있다고 한다. 그들의 가슴이 세차게 뛰었다. 흥분으로, 그리고 기대감으로.

"말은 우리 인간들의 친구요, 전우요, 평생을 함께할 존재들이다."

그 말에 대장장이들 아닌 노린이 감명을 받았다.

그 역시도 그렇게 생각했기 때문이다. 고대 때부터 인간들과 역사를 써 온 말들. 그리고 그런 말들을 관리하는 자신에게 노린은 큰 자부심을 가지고 있었다. 아틸라의 말을 들으니 자부심은 더 커졌다.

"너희들은 기사들보다 말을 더 잘 다룰 생각으로 배워야 할 것이다. 여기 노린이 가르쳐 줄 터이니 배우라. 아침에 말 타는 법을 배우고 오후부터 하시온 슬하에서 열심히 대장장이의 길을 걸어라. 난 너희를 존중한다. 노린너도."

아틸라는 진지한 표정을 지으며 대장장이들과 노린을 바라보았다.

꿈틀.

대장장이들과 노린의 가슴이 순간 뛰었다.

어떤 이가, 어떤 귀족이 한낱 마구간지기에게, 그리고

대장장이들에게 저런 말을 한단 말인가? 아틸라의 말은 사탕발림도 아니었다. 진심이 느껴졌다.

실제로 아틸라는 진심이었다.

전쟁에서 가장 중요한 인물들이 바로 눈앞에 있었다.

뛰어난 전사? 물론 중요하다.

하지만 훈족은 태생적으로 모두가 뛰어난 전사들이었다.

훈족에게 부족한 것은 장인들이었다. 그들이 없으면 애초에 전쟁은 힘들다. 또한 훈족의 전투에선 말이 절반 이상은 차지한다. 그런 말들을 관리하는 마구간지기를 어찌 가벼이 여기겠는가.

아틸라에게 있어서 눈앞의 노린과 대장장이들이 허영심만 잔뜩 든 기사들보다 훨씬 중요한 존재들이었다.

"노린, 넌 성심성의껏 저 녀석들을 가르쳐라. 아, 물론 말에 빠지는 일은 좋은 것이지만 그렇다고 해서 장인의 길에 소홀히 해선 안 된다."

"예, 알겠습니다!"

노린과 대장장이들이 허리를 깊숙이 숙였다.

진심으로 우러나오는 존경의 빛이었다.

❧

"하하핫! 저거 진짜 광대가 따로 없군."

"무식하기 짝이 없는 도끼나 사용하다니, 무슨 용병 나부랭이란 말인가?"

"흐흐. 이공자가 정말 광대놀음을 하는 거지, 뭐."

로엔이 음침하게 웃으며 중얼거렸다. 그의 옆에서 몇몇의 기사들이 동조하며 크게 웃었다. 그들은 앞에서 수련하는 아틸라를 보고 있었다.

"……."

아틸라의 오른손엔 모래주머니가 매달려 있었고, 배틀액스가 들려 있었다.

배틀액스가 허공에서부터 땅으로 내리꽂혔다.

근데…… 그것이 이상했다.

아주 천천히, 마치 세상이 느려진 것 마냥 배틀액스는 아주 천천히 직선으로 내려오고 있었다. 그런 괴상한 수련을 행하는 아틸라의 눈은 터질 것처럼 충혈되었고, 땀이 주룩주룩 흘러내렸다.

온몸이 떨렸다.

하지만 배틀액스를 휘두르는 팔만큼은 요지부동이었다.

천천히, 그리고 정확하게 일직선이라는 길로 내려오고 있었다.

그걸 지켜보던 로그리스는 감탄을 내뱉었다.

원래 무기를 빠르게 휘두르는 일보다 저토록 느리게 움

직이는 일이 수배, 아니 백배는 힘든 수련이다.

또한 저렇게 흐트러지지 않고 휘두른다는 것은 정말…… 말로는 다 표현할 수 없을 정도로 대단한 일이다.

로그리스는 탄력을 받았는지 옆에서 아틸라가 하는 짓을 똑같이 따라 했다.

대신 도끼가 아니라 그의 애검으로.

로그리스뿐만 아니었다. 아직 정식기사가 아닌 수련생 열 명 가까이가 그 수련을 따라 했다. 또한 로그리스와 친했던 몇몇의 기사들도 마찬가지였다.

어느새 아틸라의 근처에선 서른 명 가까이가 아틸라를 똑같이 행동하고 있었다.

아틸라는 신경 쓰지 않았다.

어느 날부터 저들은 자신을 따라 했다. 물론 예전에도 그랬다. 하지만 저들은 조금만 지치면 달리기를 포기했다. 그러나 근래에는 저들 역시 한계를 부수고 있었다. 죽을 때까지 달려 쓰러질 때야 달리기를 멈췄고, 다시 깨어나면 그 무식한 방법을 또 행했다.

로그리스는 느꼈다.

자신이 성장하고 있음을.

몇 년 가까이 정체된 실력이 늘고 있다고 생각했다.

검술 실력이 아니다.

바로 체력과 마음가짐이었다.

체력이 뒷받침되니 자신감이 넘쳤고, 자연 그의 검엔 힘과 빠름이 느껴졌다. 이것이 성장이 아니고 무어란 말인가.

단지 아틸라를 따라 했을 뿐인데, 정체됐던 실력이 봇물 터지듯 높아만 갔다.

그건 로그리스뿐만 아니라 동료 기사 열 명과 수련기사 스무 명 역시 마찬가지였다.

어느새 그들에겐 아틸라는 존경스러운 스승이나 진배없는 존재가 되어 가고 있었다.

'흑…… 흑…… 흑.'

아틸라의 신경은 온통 배틀액스를 휘두르는 일에만 집중됐다. 옆에서 서른 명이 동시에 검을 휘둘러도 그는 요지부동이었다.

절대적인 집중력!

그는 이 도끼질 한 방에 모든 인생을 건 것처럼 수련했다.

"흥, 병신 머저리들이 단체로 광대 짓을 하는군!"

누구나 들을 수 있을 정도로 큰 목소리였다.

다만 무아지경에 빠진 아틸라는 꿈쩍도 않았다. 하나 로그리스는 아니었다. 그의 얼굴이 순간 새빨개졌다.

"이놈, 뭐라 했느냐!"

"허? 네깟 놈이 노려보면 어쩔 것이냐? 왜 내 앞에서 광대 짓 더 하지 않고?"

"……이 자식."

로그리스는 입술을 굳게 닫았다.

로엔이었다. 비웃음 가득 담긴 조롱을 던지는 이, 로엔이었다. 로그리스와 그 외 동료 기사들이 분통을 터뜨렸다.

수치였다.

자신들은 그저 수련에 힘쓸 뿐인데 광대 짓이라니.

그런 수치가 또 어디 있겠는가!

하지만 그들은 나서지 못했다. 로엔은 또래에 적수를 찾아볼 수 없을 정도로 뛰어난 기사였다.

백작가의 제일 기사단인 도미니언 기사단의 최연소 수석기사이니 무슨 말이 필요하랴.

그에 반해 로그리스와 그의 동료들은 아직 기사단에 정식 입단도 못한 풋내기일 뿐이었다.

"뭐해? 이 몸이 웃을 수 있도록 어디 더 날뛰어 보란 말이다. 이 광대 자식들아."

"푸하하하!"

사방에서 비웃음이 들렸다. 가장 앞에 나서 행동하는 로엔을 보니 주먹이 떨렸다. 수치스럽다.

'기사 된 자로서 이토록 수치스러운 일을 버티란 말인가?'

로그리스의 표정이 굳어졌다.

그의 오른손이 검집에 도달해 있었다. 순간 차가운 기운이 연무장을 맴돌았다. 한참을 웃던 로엔 역시 표정을 굳혔다.

"한판 붙게? 그거 알지? 우리 기사들의 정식 결투에선 누가 죽어도 상관없는 거?"

순간 로그리스가 멈칫했다.

그렇다. 기사들의 대결에선 죽음이 허용된다. 오히려 명예로운 죽음이라고도 한다. 하지만 무슨 명예로운 죽음이란 말인가!

이렇게 수치를 당하고 죽는다면!

로그리스는 입술을 깨물었다. 수치, 참을 수 없었다.

로그리스도 기사였다. 바츨라브 백작가의 기사!

로그리스는 검을 꺼내기로 마음먹었다.

"그 말이 사실인가, 로엔?"

그때였다.

무심한 목소리가 들려왔다.

모두의 시선이 한곳에 도달했다.

그곳엔, 아틸라가 있었다.

⚜

"그 말이 사실인가, 로엔."

순간 로엔의 얼굴이 창백해졌다. 거칠기 짝이 없는 흉흉한 눈빛을 마주한 순간 저번의 일이 떠올랐다.

공포, 두려움이 그의 머릿속을 지배했다.

그러나 이내 살심이 치솟았다. 저번의 일은 수치였다. 두고두고 잊히지 않는 수치! 로엔은 이를 악물었다.

"그렇소, 이공자. 기사들 간의 결투에서 살인은 아무런 잘못도 아니오. 흐흐."

로엔의 눈가가 살기로 번들거렸다. 기사도를 숭배하는 기사의 모습이라고는 볼 수 없었다.

"너는 나를 모욕했다."

"……."

별안간에 들려오는 아틸라의 말에 연무장에 침묵이 맴돌았다.

모욕이었다.

아틸라는 백작가의 이공자다. 기사는 아틸라에게 충성을 다해야만 한다. 한데 기사가 자신의 주군을 비웃고 조롱한다는 것은 분명 모욕이었고 당장 처벌해야 할 중죄였다. 아틸라는 모든 상황을 다 알고 있었다. 다만 수련에 집중하고 있기에 신경 쓰지 않았을 뿐이다.

한데…….

갑자기 분노가 치솟았다.

아틸라는 본래 자신의 수하를 몹시도 아끼는 사람이었다. 아틸라가 비록 공포의 상징이라지만 수하들에게서 있어서만큼은 뛰어난 군왕이요, 제왕이었다.

아틸라는 그만큼 수하를 아꼈으니까.

어느새 자신을 따라 하고 한계를 부수는 로그리스와 그 외 기사들을 보며 아틸라는 한 가지 생각을 했다. 저들을 키워 훈족의 공격대를 만든다면 어떨까?

저들의 검술과 마나연공법은 분명 훈족 전사들의 파괴력을 능가할 수 있었다.

아틸라는 자기도 모르게 로그리스와 동료들을 수하로 거둘 생각을 하고 있었다.

그런데 그런 로그리스를 모욕하고 도발해서 죽이려고 들어?

참을 수 없었다.

아틸라는 자신이 나서기로 했다.

"사내대장부가 수련에 힘쓰는 것은 전혀 부끄럽지 않은 일이다. 하나 로엔 너는 그것을 비웃고 조롱했다. 이것은 나에 대한 모욕이다. 틀린가?"

"그, 그것이······."

일순, 아틸라에서 뿜어져 나오는 기세에 로엔은 당황했다. 뿐만 아니라 그 옆에서 함께 비웃던 기사들도 마찬가지였다.

그러나 로엔은 이내 음침한 웃음을 지었다.

"그렇소, 그래서 결투를 원하오?"

"바로 맞았다, 로엔."

아틸라의 입가에 희미한 웃음이 맺혔다.

"나 아틸라는 너의 모욕에 참을 수 없는 수치를 느꼈다. 고로 너의 목숨으로써 이 모욕을 풀겠다. 덤벼라, 로엔이여."

"받아들이겠소, 이공자. 한데 언제부터 루인이 아니라 아틸라가 되었던 것이오?"

아틸라는 대답하지 않았다. 묵묵히 팔에 찬 모래주머니를 모두 풀었다.

"이익……!"

무시당했다고 생각한 로엔은 이를 악물었다. 그리고는 검을 꺼내 들었다.

지켜보던 아틸라는 희미한 미소를 지었다.

'좋은 기회다.'

로엔은 나이에 비해 실력이 뛰어나다.

그런 로엔과의 싸움은 이 세계의 보통 기사들의 무위를 확인할 수 있는 기회였다.

또한 아틸라가 수련을 하며 깨달은 부분을 시험할 수 있는 좋은 기회였다.

아틸라는 배틀액스를 내려다보았다.

그의 눈이 흉흉한 기색을 뿜었다. 순간적으로 하복부에 강력한 힘이 응집됐다. 자연에서 가장 강한 파괴력을 지닌 뇌기가 솟구쳤다. 미친 듯이 날뛰는 뇌기!

하나 아틸라는 뇌기를 직접적으로 사용할 생각은 없다.

본래 아틸라가 사용하던 방법은 근육과 세포에 진기, 그러니까 마나로 가득 차게 만들어 폭발적인 파괴력을 이끌어 내던 것이다.

그렇지만 아틸라의 몸에 있는 뇌기는 평범한 진기와는 그 성격을 달리한다.

폭발적인 파괴력!

뇌기는 강렬한 파괴력 때문에 세포와 근육에 흡수되지 못한다. 근육과 세포가 버텨 낼 수 없기 때문이다.

이 점에서 아틸라는 수많은 고민을 해 왔다.

루인의 육신은 아틸라가 온전히 힘을 발휘하기엔 턱없이 부족하다. 아틸라가 쓰는 무기는 거대한 도끼!

단 일격에 적을 죽이지 못한다면 위험해지는 사람은 다름 아닌 자신이다. 루인의 육신으로는 일격에 적을 죽일 만큼의 폭발적인 파괴력이 나올 수 없다.

그럼 자연 뇌기를 이용해야 할 터!

뇌기를 효과적으로 이용하기 위해 아틸라는 수없이 고민을 거듭했다.

뇌기와 육신이 하나가 되어야만 했다.

육신 안에 뇌기가 갇혀 있는 것이 아닌 일체화(日體化)!

그때 아틸라의 머릿속에 벼락처럼 든 생각이 있었다.

'차크라(Chakra)!'

저 먼 남쪽, 굽타(Gupta:인도)에서 올라온 한 무인.

그는 자연을 다룰 줄 알았다.

물, 불, 대지, 그리고 세상 모든 자연의 원소가 자신의 육신에 깃들어 있다고 말했다.

굽타에서 온 무인은 강했다.

아틸라는 그때 태어나서 처음으로 승부를 내지 못했다.

이후로 아틸라는 그를 국가적인 귀빈으로 대접했고 그로부터 배움을 얻을 수 있었다.

그것은 바로 차크라!

차크라는 굽타에서 말하는 하나의 에너지 원천이었다.

인간 육신이 자연과 일체화될 수 있는…….

아틸라는 그때 차크라에 입문할 수 있었다.

비록 그 무인처럼 몸에 자연이 깃드는 영역까지 밟을 수는 없었으나 어느 정도의 깨달음으로 그는 진기를 다룰 수 있게 되었다.

그 후 아틸라는 훈 제국의 최강, 그리고 세계 최강으로 거듭날 수 있게 되었다.

'차크라가 답이다!'

아틸라는 천재이기도 했지만 지독한 노력파였다.

그간 아틸라가 했던 수련은 무식한 체력 수련만은 아니었다. 차크라를 열고 뇌기와 융합하기 위해선 일단 뇌기가 솟구쳐야만 했다.

한데 뇌기는 세상에서 가장 강렬한 자연 에너지.

아틸라의 의지만으로는 어떻게 할 수는 없었다.

하여 아틸라는 몸을 극한으로 부서뜨리고 망가뜨렸다. 근육이 터지면서도 뛰기를 멈추지 않았던 이유가 그것에 있었다.

세포가 터져 죽어 나가고 몸이 죽음에 이르자 잠재되어 있던 뇌기가 일어났다. 뇌기는 아틸라의 의지와는 상관없이 세포 속으로 들어 죽어 가는 세포를 모두 지지고 새롭게 태어나게끔 만들었다.

일종의 강렬한 자극이었다.

덕택에 아틸라는 깨어나서 다시 수련을 할 수 있었다. 그것이 몇 날 며칠을 반복되자 서서히 뇌기는 세포에 미세하지만 남아 있고 움직이기까지 했다.

그때 아틸라는 차크라를 열었다.

그리고 결과는…….

'십 퍼센트.'

차크라와 뇌기의 융합은 고작 십 퍼센트.

하지만 이것만으로도 아틸라는 자신 있었다.

십 퍼센트의 뇌기가 순간적으로 근육에 담긴다면 그 폭

발적인 파괴력이란!

아틸라는 조용히 마음을 가다듬었다.

한 방이다.

일격에 끝낸다.

아틸라는 두 손으로 배틀액스를 들었다. 본래 한 손으로 수련했으나, 지금은 싸움이다.

여유를 부리지 않는다.

그것이 아틸라가 싸움에 나서는 마음가짐이었다.

그는 약하기 짝이 없는 적들을 상대할 때도 죽음을 각오하고 전쟁에 나선다.

호랑이는 토끼 사냥에도 최선을 다한다고 하지 않은가.

아틸라가 그랬다.

"어디 한번 붙어 봅시다. 이곳에 있는 모든 기사들이 공증인이 되어 줄 것이오."

"……."

아틸라는 말이 없었다. 그리고 배틀액스를 들어 올렸다.

모든 정신이 한곳에 집중되었다.

아틸라의 눈에는 로엔도 보이지 않았다.

주변의 구경꾼들도 보이지 않았다.

'흥, 무슨 지가 수도사라도 된단 말인가.'

경건한 표정을 짓고 배틀액스를 들어 올리는 아틸라를

보며 로엔이 비웃었다.

이내 로엔은 검을 들고 마나를 잔뜩 끌어 올렸다.

'죽여 주마, 이공자!'

살심이 마구 치솟았다. 한 방에 나가떨어졌던 수치는 잊지 않았다.

죽음으로써 수치를 풀겠다. 로엔의 얼굴이 흉신악살처럼 일그러졌다.

'빈틈!'

배틀액스를 들어 올리는 순간 가슴에 빈틈이 보였다. 로엔이 그대로 총알처럼 쏘아져나갔다.

휘우우웅!

'자, 잠깐?!'

그때 배틀액스가 바닥을 향해 무서운 속도로 떨어졌다. 척 봐도 위압감이 장난이 아니었다. 보였던 빈틈은 어느새 철벽과도 같이 단단해 보였다.

순간 아틸라가 거산(巨山)처럼 느껴졌다.

'일단 막는다!'

로엔은 검로를 바꾸었다. 내려 떨어지는 배틀액스를 무시하기엔 그 위력이 심상찮아 보였다.

일단 한 번의 공격을 맞고 바로 반격기를 날린다!

로엔의 검에 마나가 잔뜩 실렸다.

'막, 막을 수 있다!'

가까이서 본 배틀액스의 위압감은 더 대단했다.

마치 죽음의 선고를 내리는 사신 같은 느낌이 들었다.

로엔은 불쑥 치솟는 두려움을 떨쳐 냈다. 그의 검이 마나로 거칠게 진동했다.

아틸라는 눈앞을 보았다.

그리고……!

오직 점이 있었다.

아주 작은 점이 눈앞에 있었다.

도저히 보이지 않을 정도로 작은 점. 먼지 같았다.

'저것을 쪼갠다.'

배틀액스에 힘이 실렸다.

육중한 무게감이 실린다.

차크라가 열린다.

강렬한 뇌기가 용솟음치며 근육에 힘을 불어넣는다.

폭발적인 파괴력이 배틀액스에 달했다.

그리고 움직이는 순간, 빛의 속도로 점이 쪼개졌다.

"커억……!"

콰직!

마나가 허공에 흩어졌다. 검이 쪼개짐으로써 담겨 있던 마나는 모두 허공에 산화됐다. 검을 쪼개고도 속력이 전혀 줄지 않았던 배틀액스는 그대로 로엔의 머리를 쪼갰다.

일격(一格)!

그리고 필살(必殺)!

"단 한 방이다, 로엔."

아틸라의 무위가 깨어났다.

4.
너구리 사냥

"가신회의라니, 이게 몇 달 만의 일이오? 행정 총관."

"모르겠소. 이공자가 갑자기 가주 대행의 권한으로 가신회의를 소집하다니."

백작가가 소란스러워졌다.

거의 일 년 만에 소집된 가신회의!

아틸라가 가주 대행이라는 직책으로 가신회의를 소집했다. 가신회의에는 백작가의 모든 가신들이 모인다. 뿐만 아니라 도미니언 기사단장과 마법사들도 모인다. 그야말로 가문의 총회의라고 말할 수 있을 터!

여기 그 누구도 아틸라의 의도를 알 수는 없었다.

다만 고스만이 속으로 심각한 표정을 지을 뿐이었다.

'이공자, 무슨 생각을 하는 것이냐.'

고스는 솔직히 말해 불안했다. 아틸라는 모든 걸 다 알고 있었다. 저번에 고스를 압박했던 말은 아직도 기억난다.

대공자의 시신을 찾던 일.

사실 대공자의 시신은 무덤에 묻혀 있지 않다. 그럴 수밖에 없었다. 대공자의 죽음은 한낱 마나폭주에 의한 심장마비가 아니었으니까.

바로 독이었다.

사막에서만 존재하는 극독으로 대공자를 죽였다.

그래서 시체를 무덤에 묻을 수 없었다. 독이 워낙 강렬한지라 시체가 닿는 곳엔 풀 한 포기조차 자라지 않을 정도다. 마나폭주로 죽은 시체에는 아직도 마나가 깃든 터라 그곳엔 충만한 기운이 가득하다.

한데 독 기운이 남은 시체 주위에는 그저 사기(死氣)만이 있을 뿐이다. 고스는 별수 없이 대공자의 시신을 이름 모를 야산에 버렸다.

그것도 아주 잘게 쪼개서.

당시 아틸라가 말했던 사막의 독전갈은 대공자를 죽인 사막의 독을 이르는 말일 테고, 요양하기 위해 산에 들어갔단 얘기는 산에 그 시신이 있을 거란 말이었다.

소름 끼쳤다.

아무것도 몰라야만 하는데 알고 있다.

그것도 너무나 정확하게.

도대체 어디까지 알고 있는 것일까?

무엇보다 늘 옆에서 호위를 서던 로엔이 이제 없었다.

죽었다. 아틸라에게 죽었다. 기사들 간의 결투에는 당연히 살인이 허용된다. 그렇지만 고스는 강력하게 항의했다. 고스뿐만이 아니라 도미니언 기사단장 네크로도 같이 했다. 허나 너무나 명백했다.

서른 명 가까이가 똑같이 증언했다.

로엔이 먼저 모욕을 줬다고, 아틸라는 응당 기사 된 도리로서 결투를 신청한 것뿐이라고 했다.

그렇게 증언하고 나서고, 룩스마저 아틸라를 지지하니 어찌하겠는가.

고스는 침울한 표정이었다.

두려웠다.

로엔이 죽었으니 그다음은 누가 될까.

고스는 느꼈다. 아틸라의 행보가 본격적으로 시작되었다고. 야수의 핏줄이 깨어났다고.

⚜

회의장은 수많은 사람들로 북적였다.

백작가 가신들이 총출동했다. 그렇지만 그중에도 핵심
이 있었다. 두 파벌을 대표하는 행정 총관 고스, 외무관
룩스.

그리고 고스의 파벌에 속한 도미니언 기사단의 네크로
단장. 뿐만 아니라 모습을 드러내지 않았던 백작가의 마
법사 대표 던커스가 자리에 들어섰다.

그리고 상석!

아직은 비어 있었다. 가주의 자리였다. 모두들 알고 있
었다. 이번 회의를 소집한 아틸라가 이례적으로 가주 대
행이라는 힘을 이용했다는 사실은.

그 말인즉슨 가주 대행으로서 무언가 해야 할 일이 있
음을 공표하겠단 얘기였다.

모두가 기다렸다.

그리고.

터벅, 터벅.

발걸음 소리가 들려왔다. 순간 소란스러웠던 회의장에
물을 끼얹은 듯 조용해졌다. 요 근래 아틸라의 행보는 파
격적이었다.

최근에 로엔이 죽은 것이 유효했다.

로엔의 죽음은 큰 파장을 일으켰다. 누구나 로엔이 백
작가의 젊은 기사들 중 제일의 실력을 갖고 있단 사실에
동의를 한다.

그런 로엔을 단 일격에 죽였다고 소문났다.

믿기 힘들지만, 거짓을 고하지 않는 기사들의 증언이 잇달았다.

일각에서는 야수의 핏줄이 눈을 떴다고 수군댔다.

야수의 핏줄!

바츨라브 백작의 철혈정치!

그것을 떠오르자 룩스와 고스뿐만 아니라 모든 가신들이 몸을 떨었다.

감히 숨조차 쉴 수 없었다. 감히 고개를 들고 떳떳하게 소리칠 수도 없었다. 그만큼 바츨라브 백작의 철혈정치는 두려웠다.

그것을 떠올리자 회의장엔 침묵만이 가득했다.

"모두들 모였소?"

아틸라가 등장했다.

아틸라는 한결 무심한 표정이었다. 상석에 앉은 아틸라는 날카로운 눈빛으로 가신들 한 명, 한 명 면밀히 살폈다. 그리고 고스를 바라보는 아틸라의 입가에 희미하게 미소가 지어졌다.

"……!"

순간 고스의 얼굴이 눈에 띄게 굳어졌다.

불안함이 갑자기 몰려왔다. 아틸라의 웃음은 너무나 불길했다.

"내가 가주 대행으로서 회의를 소집한 데에 의문이 많을 것이라 생각되오."

"그렇습니다. 무슨 급한 일이 있기에 이 많은 사람들을 한자리에 불러 모았습니까?"

룩스가 조용히 말했다.

말에 가시가 있었다.

감히 네까짓 게 뭔데 우리들을 이리 모이게 하였느냐.

아틸라는 속으로 웃었다.

고스는 늙은 너구리인 반면, 룩스는 뱀이었다. 독을 숨겨 두고 언제든지 물어뜯을 준비를 하는 늙은 뱀.

아틸라는 곧 죽을 뱀과 너구리를 생각하며 미소를 지었다.

"나는 몇 달 전 죽은 우리 형님에 대해 다시 조사해야 할 필요성을 느꼈소."

"……그, 그 무슨!"

"이공자님! 그 무슨 말씀이십니까! 대공자께선 마나폭주로 안타까운 목숨을 잃은 것이 드러났거늘……!"

"내 그것이 이상하단 말이오."

아틸라의 목소리엔 고저가 없었다. 그 목소리에 가신들은 순간 두려움을 느꼈다.

무엇보다 고스의 두려움은 더욱 컸다.

'이공자, 이놈이 끝내 나를 죽이려는구나!'

가신회의를 소집한 이유를 알았다.

이 자리는 자신이 죽을 자리였다. 이공자는 간악하게도 모든 이가 보는 앞에서 고스가 행한 짓을 낱낱이 공개하고 처리할 생각이었다.

빠져나갈 구멍도 없이 말이다.

"내 형님은 이미 검으로서는 상승의 경지에 올랐고, 우리 가문의 마나연공법은 순수하기 그지없어서 마나폭주를 일으킬 만한 구석이 하나 없소. 무엇보다 형님처럼 경지에 오른 이가 어찌 마나폭주로 목숨을 잃겠소? 이상하지 않소이까? 고스 행정 총관?"

아틸라는 고스를 콕 집어 물어보았다. 고스의 얼굴이 창백해졌다. 손이 부들부들 떨렸다. 옆에서 지켜보던 네크로는 일이 어렵게 돌아간다는 사실을 알고 나섰다.

"신이 한 말씀 올리겠습니다."

"말씀하시오, 네크로 단장."

아틸라는 이 자리에 모인 가신들의 이름과 직위를 모두 알았다. 그동안 루인의 일기장과 루나의 말로 가신들의 인적사항을 알아냈던 터였다.

네크로는 목소리를 가다듬었다.

"아무리 뛰어난 기사라고 하더라도 마나폭주로 목숨을 잃을 수 있습니다. 그동안의 문헌에도 이런 기록이 많고, 실제로 저 또한 그런 경우를 수없이 많이 봐 왔습니다."

네크로의 말은 일리가 있었다. 마나는 섬세하다. 아무리 뛰어난 기사라고 하더라도 마나폭주로 목숨을 잃을 수 있었다.

문제는 그것이 정말로 희박한 확률이라는 부분이었지만.

아틸라가 웃으며 말했다.

"알고 있소. 그래서 다시 한 번 조사하자는 것이오. 형님의 죽음을 안타까워하는 아우의 마음이라 생각하고 이해해 주시오. 조사해서 별문제가 없으면 그만 아니겠소."

"그리 행하시지요. 이공자님."

고스가 어느새 태연한 표정으로 고개를 숙였다. 그런 모습에 룩스가 눈을 빛냈다. 대공자의 죽음에 가장 깊게 관여한 자는 바로 고스였다. 비록 룩스 자신도 관여하지 않았다고는 말 못 하지만, 모든 일을 주관한 이는 바로 고스였다.

그런데 저리 태연한 표정을 짓다니?

'너구리 자식, 무슨 수가 있군.'

당연히 고스에겐 준비한 방도가 있었다.

조사라고 해 봤자, 일단 무덤을 파헤쳐서 시신을 재 부검하는 방법뿐일 것이다. 고스는 만일을 대비해 무덤에 다른 이의 시신을 묻어 놓았다.

대공자와 유사한 체격의 시신.

또한 마나를 수련했던 기사의 시신이었기에 마나의 흔적 역시 많이 남아 있었다. 아무리 아틸라가 모든 사실을 알고 있다고 해도 증거가 이렇다면 어쩔 수 없으리라.

그렇게 생각하자 마음이 놓이는 고스였다.

"그럼 조사단을 편성하도록 하지요."

고스가 오히려 한발 나섰다. 고스는 고개를 들어 아틸라를 보았다. 의기양양한 표정이었다. 하지만 아틸라의 얼굴을 본 순간, 이유 모를 불길함에 휩싸였다.

아틸라는 웃고 있었다.

'다 그럴 줄 알았다' 라는 듯한 표정이었다.

"그럴 필요 없소. 내 미리 조사를 했소."

"그, 그렇습니까? 하지만 가신들의 의견 통일도 없이……."

고스의 눈동자가 세차게 흔들렸다. 곧바로 반발하고 나섰다.

"고스!"

쾅!

아틸라가 순간 표정을 굳히며 탁자를 강하게 내려쳤다.

그 박력에 가신들은 모두 입을 다물었다.

"네놈은 형님을 중독시켜 죽이고, 그 시신까지 욕보였다. 그런데 네놈이 뻔뻔하게 얼굴을 들고 이 자리에 있는 것이더냐!"

쾅!

직격탄이었다.

아틸라는 박력 넘치는 목소리로 고스를 호통 쳤다.

순간 고스의 몸이 굳어졌다. 아틸라의 박력도 박력이었
지만 설마 여기서 저렇게 적나라하게 까발릴 줄 어찌 알
았겠는가!

조용히, 그리고 은밀히 압박하리라 예상했다.

한데 이건 예상 못 했다.

"그, 그 무슨!"

"고스 행정 총관이 대공자님을 죽이다니?"

"그게 사실이오?"

회의장은 시장바닥처럼 소란스러워졌다.

그 말의 파급력은 어마어마했다.

그것은 충격이었다. 사건의 전말을 잘 모르는 사람들이
많았다. 고스의 파벌 중에서도 대공자를 저리 만든 이가
고스임을 아는 사람은 그렇게 많지 않았다. 파벌 내에 핵
심 몇몇만이 알 뿐이다.

회의장엔 혼란이 가중되었다.

"그 무슨 망발이시오, 이공자!"

고스가 소리쳤다.

"말도 안 되는 누명을 씌워 소인을 죽일 생각이시오?!"

"나 도미니언 기사단장 네크로도 지금 이공자께서 한

말에 책임을 묻겠소."

네크로도 가세했다.

하지만 아틸라는 물러섬이 없었다.

"죄인들이 감히 말이 많구나."

"우리들을 죄인 취급하지 마시오. 만약 이공자께서 자신이 한 말에 대해 책임지지 못하신다면 나 또한 가만있지 않겠습니다."

고스가 흥분된 얼굴로 소리쳤다. 여기서 밀린다면 끝장이었다. 그건 네크로도 마찬가지였다. 네크로는 기사다. 명예를 중시하는 기사다.

그런 기사에게 주군을 독살했단 사실이 밝혀지면 얼마나 치명적이겠는가.

네크로도 절박했다.

"푸하하하! 웃기는구나!"

아틸라가 별안간 대소를 터뜨렸다. 고스가 미간을 찌푸렸다.

"이공자, 이공자가 정녕 미친 것이오?"

"하하하하! 고스, 너는 정말 건방지구나. 여전히!"

입은 웃고 있었지만 눈은 아니었다. 눈빛은 차갑게 가라앉아 있었다. 눈을 마주한 순간 고스는 심장이 멈추는 착각이 들었지만 그도 악에 가득 차 있었다.

"어디 한번 해 보시오. 나 또한 가만있지 않을 것이오."

"나는 고스 행정 총관을 막역한 친우라 생각하오. 그런 고스에게 이런 누명을 씌운다는 것은 나에 대한 모욕이라 생각하오. 이공자께선 자신이 한 행동이 얼마나 큰 잘못인지를 곧 깨닫게 되고, 책임을 져야 할 것이오!"

"우습구나. 죄인들이여, 죄인들이 호통을 칠 정도로 바츨라브 백작가가 우습게 보였는가?"

아틸라는 무표정으로 일관했다. 그러나 거기서 느껴지는 박력은 이루 말할 수 없었다. 아틸라의 말 한 마디, 한 마디에 힘이 담겨 있었다.

"여봐라, 들고 오너라!"

아틸라가 소리치자 밖에선 건장한 장정 넷이 큰 관을 들고 왔다. 일견에도 화려하고 웅장하기 짝이 없는 관이었다.

관을 확인한 고스의 입가에 비웃음이 맺혔다.

바로 대공자의 관이었다.

하지만 시신은 대공자가 아니니 어찌하겠는가?

또한 시신이 모두 썩어서 사라졌을 텐데 어찌 확인하겠는가.

그럼에도 고스는 슬금슬금 치솟는 불길함을 완전히 떨치진 못했다.

"이것은 내 형님의 무덤에서 나온 관이오."

"어찌 가신들의 의견도 없이 대공자의 무덤을 파헤쳤단

말이오?”

“시끄럽다, 죄인.”

아틸라는 반발하는 고스의 말을 끊었다. 하지만 반발은
고스뿐만 아니었다. 고스의 파벌들은 모두 일제히 반발했
고, 룩스 파벌도 불만스런 기색이 가득했다.

그들로서는 지금의 자유가 만족스러웠다.

백작의 철혈정치에 숨도 못 쉬던 때에 비해 자신들의
힘은 강해졌고, 입지도 깊어졌다. 그런데 자신들의 의견
을 듣지도 않고 자기 맘대로 행동하는 아틸라의 모습이
좋게 보일 리가 없다.

그런 분위기를 파악한 아틸라가 소리쳤다.

“나는 바츨라브 백작가의 핏줄이다. 여기는 나의 가문
이다. 나는 가주 대행으로서 절대적인 권력을 휘두를 수
있다. 여기서 최고 높은 이가 누구인가? 나다! 가장 높은
이가 어찌 아랫사람의 허락을 받아야겠는가!”

“그것은 독재요, 이공자!”

“닥쳐라, 죄인이여. 여긴 나의 가문이다.”

아틸라는 차가운 눈빛으로 고스를 쏘아보았다.

궤변이다.

하지만 그 누구도 당당하게 나서 반박할 수 없었다.

아틸라는 자신의 기운을 모조리 뿜어내고 있었다.

교황의 권위를 짓밟고 로마 황제를 내려다보던 그 오만함!

제왕만의 오만함이 회의장에 가득했다.

꿀꺽.

누군가 침을 삼켰다.

그들은 보았다. 철혈정치를 펼치던 바흘라브 백작의 모습을!

회의장은 폭풍이 몰아친 듯했다.

아틸라는 조용해진 분위기가 마음에 들었다.

"관을 열어라."

쿠르르―!

육중한 소리가 울리며 관이 열렸다.

관이 열리자 시체 썩은 내가 회의장에 진동을 했다. 가신들이 인상을 찌푸리고 코를 막았다.

"너희들은 이것이 형님의 시신이라 생각되느냐?"

아틸라는 존대를 하지 않았다. 지금 제왕의 기세를 내보이고 있는 아틸라였다. 어떤 제왕이 수하들에게, 아니 반역도와 같은 죄인들에게 존대를 하겠는가.

아틸라가 반말을 함에도 그 누구도 깨닫지 못했다.

너무나 자연스러웠기 때문이다.

"그건 대공자의 시신이 맞소."

"아니다."

아틸라가 짧게 대답했다. 고스가 비릿한 웃음을 지었다.

"대공자의 시신이 아니라고 우길 속셈이시오? 그것으로 날 죽이려고? 푸하하! 웃기는군!"

고스의 눈동자에 독기가 번들거렸다. 일이 이렇게 된 이상 그도 더 이상 잃을 게 없었다. 여차하면, 정말 일이 더 틀어진다면 네크로와 함께 검을 뽑을 생각이 있었다.

"던커스!"

아틸라가 소리쳤다. 그러자 지금껏 한 마디도 없이 침묵을 지키던 마법사 던커스가 자리에서 일어섰다.

고스의 눈동자가 급격히 확대되었다.

던커스.

그는 백작가에서 가장 강한 마법사라고 알려져 있었다. 하지만 대외적인 활동을 하지 않아 그에 관해 잘 아는 사람 또한 없었다.

그런 던커스가 아틸라의 부름에 움직인다.

그 말은 곧…….

'던커스를 포섭했다는 것인가?!'

고스는 믿을 수 없었다.

던커스는 마법사들의 대표다. 던커스를 포섭하면 결국 백작가에 상주하고 있는 열하나의 마법사 모두를 품 안에 들이는 것이나 마찬가지다.

고스가 황금을 쓰고 권력을 써도 안 되는 일이 있었다.

바로 던커스를 포함한 마법사들을 포섭하는 일이었다.

고스는 입술을 잘게 씹었다.

고스만 놀란 것이 아니었다.

룩스 또한 놀랐다.

'도대체 언제?'

아틸라에게 붙어 있는 감시자는 한둘이 아니다. 물론 접근이 쉽지 않아 정보를 얻어 내기란 어렵더라도, 낌새가 있어야 하지 않겠는가?

하지만 처음 알았다. 진실로 던커스가 아틸라에게 붙었단 말인가?

"던커스, 시신을 확인하라."

"알겠습니다."

던커스는 더없이 공손하게 허리를 숙였다. 회의장의 가신들이 연이어 놀랐다. 마법사란 족속들이 저리도 예의 바를 수 있었단 말인가.

던커스는 남의 시선 따위는 신경 쓰지 않고 시신을 살폈다.

뼈밖에 없는 시신에서는 연신 독한 냄새가 올라왔지만 던커스의 표정은 조금도 변하지 않았다.

꿀꺽.

고스는 마른침을 삼켰다. 그의 손에 식은땀이 흘렀다.

던커스만큼 여기서 마나와 친한 이가 누가 있으랴.

그가 살핀다면 마나폭주의 흔적이 없음을 확인할지도

모른다.

고스와 네크로는 서로 눈빛을 나누었다.

얼마나 시간이 지났을까.

시신을 살피던 던커스가 허리를 폈다.

"마나스캔 결과 마나폭주의 흔적은 존재하지 않습니다."

"헛소리!"

고스가 발악하듯 소리쳤다. 그러나 던커스는 흔들리지 않았다. 아틸라가 물었다.

"확실한가?"

"반년이 넘은 시신입니다. 하지만 마나폭주에 사망했다면 마나의 기운이 남아 있어야만 합니다. 마나를 익힌 흔적은 있으나, 마나는 모두 자연의 품으로 돌아간 상태입니다. 마나폭주의 흔적은 보이지 않습니다."

"마나폭주의 흔적이 보이지 않는다고 해서 대공자가 아니라고 주장하는 것은 억지요!"

이번엔 네크로가 나섰다.

"억지? 내가 지금 거짓된 증언으로 억지를 부리고 있단 말인가? 내가?"

"그렇소. 반년이 넘었소. 마나는 원래 자연에 귀의하려는 성질을 갖고 있소. 마나폭주로 인해 죽었다지만, 마나가 지금까지 뼛조각에 남아 있지 않을 수도 있소!"

"그럼 내가 형님의 유골로 형님의 죽음을 욕보이고 있단 말인가?"

아틸라가 무심한 목소리로 말했다. 가신들이 술렁였다. 대공자와 이공자의 우애가 깊은 사실은 모두가 알고 있었다.

그런 와중에 이공자가 대공자의 시신을 욕보이면서까지 거짓을 할까?

고스와 네크로의 얼굴이 점점 창백해졌다.

"그래, 더 확실한 걸 보여 주지. 네크로."

아틸라는 깊게 침전된 눈빛으로 앞으로 걸어 나왔다.

"형님이 내 나이만 했을 때, 그러니까 십 년 전쯤 그대는 형님과 친선 결투를 했었다."

"……그렇소."

네크로는 과거를 떠올리며 말했다.

"그때 너의 실수로 형님의 어깨에 깊은 상처가 남았다는 것을 기억하나?"

"……!"

네크로의 얼굴에 경악이 번졌다. 그랬었다. 당시 대공자와 친선 결투를 벌이던 중 대공자의 뛰어난 실력에 놀라 네크로는 자신도 모르게 모든 힘을 다해서 공격한 적이 있었다.

대공자는 어깨에 깊은 검상을 입었다. 평생 지워지지

않는 끔찍한 검상이!

"이 유골의 어깨에 그런 검상의 흔적이 보이나?"

"하지만 뼈가 재생되었을 수도 있지 않소?!"

"오러로 인한 상처는 회복할 수 있으나 지워지지는 않는다는 사실. 설마 기사단장인 네가 모를까?"

쿵!

끝내 네크로의 얼굴이 사색이 되었다.

더 이상 어찌할 방도가 없다.

상황은 완벽하게 아틸라가 주도하고 있었다. 고스는 더 이상 변명할 구석이 보이지 않았다. 주위를 둘러보니 룩스는 이 사태에 어찌 대응할까 궁리 중인 듯했다.

"진짜, 행정 총관이 대공자님을 어찌한 건가?"

"그런 것 같은데……."

"말도 안 돼, 어찌 그런 일이?"

회의장이 술렁였다.

고스는 입술을 잘근잘근 씹었다. 자신의 파벌에 속해 있는 가신 몇몇도 충격에 빠진 표정이었다.

고스는 아틸라를 바라보았다.

아틸라는 말하고 있었다.

'이제 어찌하겠느냐?'

패배다.

아틸라는 어느새 증거를 모아 왔고, 자신도 모르게 세

력을 키워 단숨에 자신의 숨통을 쥐고 있었다.

"그래서 어쩌겠다고 이공자!"

끝내 고스가 본색을 드러냈다. 고스의 눈동자가 탐욕과 공포, 그리고 살기로 번들거렸다. 고스의 외침과 동시에 아틸라의 입가에 웃음이 번졌다.

"너의 패배다, 고스."

"닥쳐라, 이노옴!"

"도미니언 기사단! 반역을 꾀한 행정 총관 고스를 포박하라!"

아틸라는 네크로를 바라보며 똑바로 외쳤다.

하지만 네크로는 움직이지 않았다. 이미 자신은 고스를 끝까지 변호했다. 일이 이렇게 된 이상 완전히 틀어진 것이나 마찬가지였다.

네크로는 움직이지 않았다.

회의장이 시끄러워졌다.

반역, 반역이다!

"그렇군, 네크로. 도미니언 기사단도 고스와 같은 꿍꿍이구나."

"이공자, 우리는 바츨라브의 핏줄 아래서 더 이상 살아갈 수 없소."

네크로는 침전된 목소리로 말했다. 아틸라가 비웃었다.

"기사는 주인을 섬기는 것이 가장 참된 도리가 아니었

는가. 하하하! 웃기는 일이로구나!"

"시끄럽다, 이공자! 새끼 호랑이란 별명 때문에 네놈이 유세를 부리는데, 됐다. 우린 여기서 너를 베고 바츨라브 백작가를 새로 세우겠다!"

아틸라는 여전히 웃었다. 고스는 악에 받쳤다.

채채챙—!

고스의 뒤로 네크로가 섰고, 안으로 도미니언 기사단이 들이닥쳤다. 오십여 명의 기사들이 모두 고스의 편에 섰다.

아틸라는 슬쩍 룩스를 바라보았다.

룩스는 지금 돌아가는 사태에 어찌할 줄을 몰랐다.

누구의 편을 들어야만 한단 말인가?

대공자의 독살엔 자신도 일조했다. 고스에게 사막의 극독에 대한 정보를 넘긴 사람은 자신이 아닌가?

보아하니 아틸라는 그 사실마저 알고 있을 것 같았다. 그럼에도 밝히지 않았다. 그 말은······.

'고스를 내치고 나는 우선 살리겠다는 것인가?'

룩스의 머리가 맹렬하게 회전했다.

지금 고스의 편을 들면 살 수 있을까?

일단 고스에겐 도미니언 기사단이 있다. 그에 반해 아틸라에게는 열한 명의 마법사가 있다. 어느 한쪽의 우세를 점칠 수 없었다.

"그래, 제대로 하지. 난 지금 반역도들을 제거할 생각이다. 고스와 함께하지 않는 자들은 모두 내 뒤로 서도록 하라."

아틸라의 말이 끝나기 무섭게 던커스와 열 명의 마법사가 모두 아틸라의 뒤에 섰다. 고스의 눈가가 살짝 실룩였다. 거기서 끝나지 않았다. 회의장에 일단의 무리들이 들어섰다.

"왔습니다, 이공자님."

로그리스를 필두로 한 서른 명의 기사와 수련생이었다. 룩스의 머리가 더 빠르게 회전했다.

'마법사와 기사의 조합은 최상! 이로써 비등한 것인가?'

룩스는 고심하고 또 고심했다.

그리고 룩스의 선택은……

"루, 룩스!"

고스가 소리쳤다. 룩스 파벌이 이동한 곳은 고스 쪽이아니라 아틸라였다. 고스는 배신감에 치를 떨었다.

아무리 고스와 룩스가 서로 숙적이라 하지만, 지금은같이 뜻을 모아야 했다.

지금이 아니면 바츨라브가의 핏줄을 지울 기회가 없었다.

'저 멍청한 자식! 진정 위험한 놈은 이공자다. 저놈이

야말로 바츨라브가의 진짜 핏줄이야!'

고스는 눈을 치켜뜨며 외쳤다.

"룩스! 네놈이 어딜 가느냐! 이 간악한 놈아! 이공자여, 모르는가? 대공자를 독살한 건 나뿐 아니라……."

슈수수숭!

퍼어억!

무슨 일이 벌어졌는지 그 누구도 파악 못했다.

거센 파공음이 들리더니 고스의 머리가 수박처럼 터져 나갔다. 바로 옆에 있는 네크로의 얼굴에 경악이 서렸다.

"……!"

거대한 크기의 배틀액스.

그것이 고스의 머리를 처참하게 부숴 놓았다.

'어, 어느새……!'

네크로의 시선이 아틸라에게 향했다.

무섭다.

자신이었으면 막을 수 있었을까?

답은 아니다. 절대 막을 수 없었다. 너무 빨랐고, 그리고 파괴적이었다. 마나를 잔뜩 긁어모아 오러를 생성했다고 해도…….

못 막았을 것 같은 예상이 들었다.

그때, 아틸라가 말했다.

"너구리 사냥을 시작하지."

그 말을 끝으로 아틸라는 배틀액스를 꺼내 들고 뛰어들었다.

"이공자! 네놈이 어디까지 날뛸 수 있나 보자!"

네크로는 검을 꺼내 맞섰다. 그의 실력이라면 충분히 이공자를 죽일 수 있으리라. 로엔이 일격에 죽었다는 소문은 불안했지만, 자신이야 로엔보다 월등하니 이공자를 못 죽일 리 없었다.

네크로의 검이 빛살을 토해 냈다.

오러(Aura)!

마나가 극성에 달하면 세상 모든 것을 파괴할 수 있는 절대의 기운이 검에 서린다.

그것이 바로 오러였다.

네크로의 오러가 섬광처럼 쭉 늘어서면서 아틸라를 향해 쇄도해 갔다.

아틸라도 마찬가지 배틀액스를 휘둘러 왔다.

'이대로 맞선다!'

배틀액스를 단숨에 부수고 심장을 가른다!

검과 도끼가 맞닿았다. 네크로는 그대로 베어 나가리라고 믿어 의심치 않았다.

한데…….

콰지직!

네크로의 두 눈이 크게 커졌다.

아틸라의 배틀액스에 덧씌워진 저건……

"오러……?!"

강렬한 스파크가 뭉쳐져 있는 듯한 오러를 보라!

맞닿는 순간 검을 통해 아틸라의 가공할 뇌기가 침투해 들어왔다.

네크로는 그대로 심장이 멈췄다.

그리고……

푸아악!

일격.

도미니언 기사단 네크로 단장 즉사.

"어디 제대로 싸워 보자고!"

아틸라는 피가 끓었다. 온몸에 아드레날린이 폭발적으로 분비되었다. 아틸라는 모든 힘을 끌어 올렸다. 자신의 몸 전체에 뇌기를 가득 움직였다. 그의 몸은 벼락처럼 빨랐으며 파괴적이고 강렬했다.

뇌기를 가득 담은 그의 배틀액스를 막을 수 있는 사람이 누가 있겠는가!

네크로도 단 한 방에 나가떨어졌다. 막을 수 없다.

로마의 수도 콘스탄티노플을 처참하게 부수어 놓은 아틸라의 무력(武力)!

오로지 일격의 초식으로만 이루어진 아틸라의 무술이 깨어났다!

그날은 지옥이었다.

고스 파벌이 영영 사라지는 그날.

룩스는 아직도 그날을 떠올리면 몸서리를 쳤다.

피를 흘리며 처참하게 쓰러지는 도미니언 기사단.

기사의 명예를 버리고 살려 달라 울부짖던 그들.

그것을 가볍게 무시하며 한 번에 한 명씩 저세상으로 인도하던 사신!

아아.

백작가에 악마가 있었다.

5.

사냥꾼을 사냥하는 야수

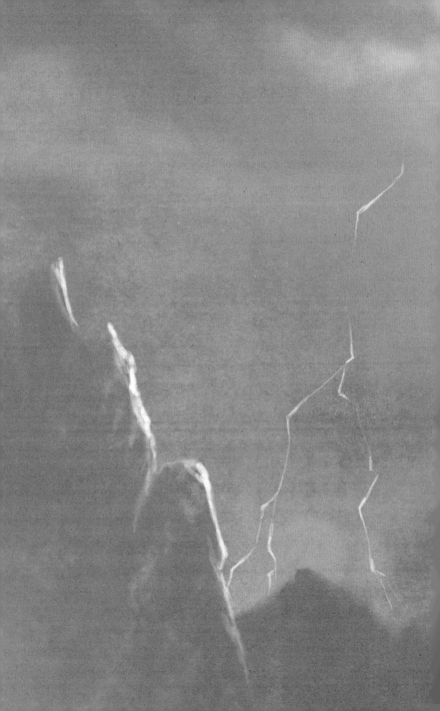

"아틸라 님, 차를 가지고 왔습니다."

"들어와."

루나는 조심히 방 안으로 들어갔다. 방에는 전에 못 보던 사람들이 있었다.

로그리스, 던커스. 그리고 아틸라.

"거기에 놓고 가."

"예."

루나는 코를 찡긋거리더니 밖으로 나갔다. 아무래도 방안에서 희미하게 퍼지는 혈향이 이상해서이리라.

루나가 방문을 닫고 나가자 아틸라는 조용히 차를 음미했다.

"고스 파벌 등을 모두 처리했습니다."

"흠······."

로그리스는 어느새 아틸라의 수족이 되었다. 또한 전과 달리 눈빛이 날카로워졌고 온몸엔 흉흉한 기운이 넘실거렸다. 실력이 상당히 성장했음이 눈에 보였다.

그날, 로엔을 단 일격에 처치해 버리는 모습에 로그리스는 깊은 감명을 받았다.

노력만으로 천재적인 재능을 이길 수 있음을 깨달았다.

로그리스에겐 있어선 깨달음을 준 스승이나 다름없었다. 그랬기에 로그리스는 그를 지지했다.

아틸라는 묵묵히 고개를 끄덕이다 한쪽에 서 있던 던커스를 보았다.

"던커스, 나를 선택한 것을 후회하지 않나?"

"후회하지 않습니다."

던커스는 일말의 망설임도 없이 대답했다. 아틸라가 희미하게 웃었다.

던커스를 만난 것은 우연이었다.

로엔을 죽이고 그는 피가 끓었다. 이제 더 이상 가만히 있지 못할 것만 같았다. 피를 본 이상 그는 계속 피를 갈구하게 되리라.

그때 아틸라는 곧바로 고스 파벌을 처단하기로 결심했다.

고스를 단숨에 깡그리 처단시킬 방법을 강구하다 던커
스를 만났다. 바로 무덤가에서 말이다. 증거를 얻기 위해
대공자의 무덤을 뒤지던 도중, 근처 무덤가에서 시체를
파내던 던커스를 만난 것이다.

던커스!

그는 평범한 마법사가 아니다.

그의 정체는 다름 아닌 흑마법사!

로마에서 그랬듯, 여기에서도 흑마법은 경멸과 동시에
두려움을 받았다. 그래서 대륙 자체에서 엄격히 흑마법을
금하고 있었다.

던커스는 그 흑마법을 익히고 있던 마법사였다.

자신의 정체가 탄로 나자 던커스는 곧바로 아틸라를 죽
이려고 들었다.

하지만 아틸라도 흑마법사다. 로마와 훈을 통틀어 흑마
법에 최강을 자부하던 데일라 다음이 바로 아틸라가 아니
던가.

아틸라는 제안했다.

자신이 흑마법이 대우받는 세상을 열겠다고. 만약 제국
이 그것을 막는다면 자신이 제국을 흑마법으로 멸하겠다
고.

그 오만한 말을 보라!

하지만 아틸라의 말에서 진심이 느껴졌다. 또한 그렇

게 되리라는 강력한 믿음이 있었다. 던커스는 자신과 같은 흑마법사라는 동질감, 그것에 아틸라에게 몸을 맡겼다.

자신을 따르는 열 명의 마법사와 함께.

던커스가 자신의 편에 서자 고스를 처단하는 일은 식은 죽 먹기였다. 던커스는 흑마법사이기도 했지만 겉으로는 일반 마법사에 지나지 않았다. 그래서 그는 다양한 마법을 익히고 있었다. 고스를 처단할 방법을 찾기란 아주 쉬운 일이었다.

아틸라는 차를 한 모금 마셨다.

"늙은 너구리는 죽었고…… 이제 뱀만 남은 건가?"

"어째서 룩스를 살려 주신 것입니까?"

로그리스는 이해가 되지 않았다. 계속해서 파고들다 보니 사건의 전말을 점차 알아 갈 수 있었다. 대공자를 독살한 일에는 룩스도 협조했다. 로그리스는 진정 분노했다.

대공자는 기사로서 존경받아야 마땅한 인물이었다. 룩스는 대공자를 독살하는 일에 협조를 한 인물이다.

그런 룩스를 살려 준 아틸라의 행사가 로그리스는 도통 이해가 되지 않았다.

"로그리스, 우리가 이번 일을 파헤치면서 느낀 게 무엇인가?"

"······그건."

"백작가를 무너뜨리려는 건 고스와 룩스가 아니야. 그 뒤에 암약하는 세력이 따로 존재한다. 내가 잡아야 할 놈들은 그놈들이야. 룩스마저 노렸다면 도마뱀이 꼬리를 자르고 숨는 것처럼 그들도 숨겠지. 그러면 다시 나타날 때까지 찾을 수 없다."

"아······!"

"던커스가 파헤쳐 온 정보를 보면, 룩스 그놈이 유일한 소통 창구다. 그런 놈을 쉽게 죽여서야 쓰나."

아틸라는 다시금 차를 마셨다.

어느새 찻잔엔 차가 한 방울도 남지 않았다.

아틸라는 자리에서 벌떡 일어섰다.

"던커스, 그곳이 어디에 있다고 했지?"

"이곳에서 멀지 않습니다. 한나절이면 도착할 거리입니다."

"다녀오겠다."

로그리스와 던커스는 화들짝 놀랐다. 그들은 알고 있었다. 지금 아틸라가 어디를 향해 가려는지. 그곳은 절대 혼자서 갈 순 없는 곳이었다.

"같이 가시지요, 아틸라 님."

로그리스가 만류했다.

"난 충분히 강하다. 로엔과 네크로를 일격에 죽일 만큼."

"그러나 그곳은 그들과는 비교도 안 되는 자들이 득실대는 곳입니다."

이번엔 던커스가 만류했다.

"날 믿어라."

아틸라는 그들을 바라보며 말했다. 지금 아틸라의 능력은 가파르게 성장하고 있었다. 이제는 뇌기를 이십 퍼센트 가까이 끌어 올릴 수 있었다. 또한 로마를 부수었던 일격의 무술은, 과거에 비하면 아직은 부족하지만 뇌기가 함께한다면 그에 못지않은 파괴력을 뿜낼 수 있다.

무엇보다 비장의 한 수가 있다.

흑마법!

아직 아틸라는 흑마법을 제대로 사용한 적이 없다.

그가 마음먹고 흑마법을 사용한다면 이 세상에 아틸라를 어찌할 적은 없다.

로엔? 로엔이야 육신을 다듬질한 지 얼마 되지 않은 데에다, 뇌기를 조금도 사용하지 않았다.

그 말은 마나를 사용하는 적을 순수한 근력과 무술로만 죽였다는 얘기였다.

그것도 일격에!

네크로는 조금 어려웠다. 오러를 사용한 고수였으니까.

하지만 뇌기를 뿜어 오러 비슷하게 만들자 그 역시 일격에 죽일 수 있었다. 네크로만 해도 제국에서 손에 꼽히는 실력자!

아틸라의 자신감은 충분히 이유가 있었다.

"그곳은 하늘 위의 범죄자들을 가둔다는 곳, 하늘 감옥입니다."

"내가 왜 가려는 것인 줄 아는가. 로그리스?"

"……."

"너희들은 진실로 약하다. 네가 성장했다고 한들 아직 로엔의 실력엔 못 미친다. 급격한 성장? 우습구나. 너희들은 진실로 약해. 이대로라면 나와 함께하지 못한다. 난 너희들의 교관을 찾으러 가는 것이다."

로그리스는 입술을 깨물고 부들부들 떨었다. 아틸라의 말은 사실이었다. 미친 듯이 노력하고 있지만 로엔의 경지, 그 이상의 경지에 오르기란 정말 쉽지 않은 일이었다.

로그리스는 그런 자신에게 무력감을 느꼈다.

특히 고스 파벌을 처단할 때 무력감이 최고에 달했다.

자신은 별다른 일을 하지 못했다. 그건 동료들도 마찬가지였다. 백작가 제일 도미니언 기사단을 맞아 크게 중상을 입고, 심지어는 목숨을 잃은 자도 다섯에 달했다.

이 얼마나 무력한가.

아틸라의 신들린 무력!

그리고 던커스와 마법사들의 마법이 없다면 도미니언 기사단을 이기지 못했으리라.

자신들은 오히려 방해물이었다.

전투가 끝난 후 무심한 아틸라의 눈빛을 받았을 땐 로그리스는 자신의 부족한 실력이 그토록 원망스러울 수가 없었다.

그렇다. 자신들은 약했다.

아틸라는 그런 로그리스를 보며 위로의 말도 던지지 않았다.

아틸라는 이들을 자신의 친위대로 육성할 계획이었다. 일당백의 훈족 최강의 전사들로 구성된 친위대!

마나연공법을 익히고 어린 시절부터 수련해 온 이들에겐 무궁무진한 가능성이 있었다. 하지만 큰 문제점에 직면하고 말았다.

이들에겐 독기가 없었다.

상대를 죽여야만 살아날 수 있다는 독기가 부족했다. 실전 경험 역시 부족했다. 이들 중에서 전쟁을 경험한 인물은 단 한 명도 없었다.

훈족은 병장기를 손에 쥘 때부터 전장에서 전사의 길을 걷는다. 늘 죽음 가까이에서 살아간다. 자연히 적을 죽이고자 하는 독기로 가득한 살인병기가 된다.

이들은 그것이 안 됐다.

실전 경험이야 자신이 차차 쌓아 주면 된다. 하나 독기란 쉽사리 생기는 것이 아니다. 무작정 검만 휘두르는 것과 독기는 전혀 다른 차원의 것이었다.

그래서 아틸라는 교관을 붙여 줄 생각이었다.

지독한, 독기로 점철된 전사들로 다시 태어나게끔 악마 같은 교관을!

자신이 직접 이들을 가르쳐도 됐다. 하지만 아틸라는 엄연한 제왕!

그건 아틸라가 맡아야 할 일이 아니었다.

아틸라는 머릿속에 드는 생각을 조용히 곱씹었다.

'하늘 감옥. 도저히 어찌할 수 없는, 하늘 위의 실력을 갖고 있는 최악의 범죄자들이 모이는 곳.'

그곳의 죄수 하나를 데리고 와 교관으로 삼을 셈이다.

아틸라는 단지 교관으로만 활용할 생각이 아니었다.

앞으로 수많은 일이 있을 것이다. 전쟁에 앞서 많은 준비를 해야 하리라. 로그리스와 그를 필두로 한 예비 친위대는 아틸라의 얼굴이다. 까놓고 흔히 말하는 더러운 일, 음모와 암살 등의 일을 할 수는 없다.

아틸라는 그것을 교관에게 맡길 셈이었다.

던커스, 친위대, 그리고 하늘 감옥의 범죄자!

아틸라의 머릿속에서 점차 자신의 세력이 그려졌다.

아틸라는 홀연히 백작가를 떠났다.

그러나 백작가에서 아틸라가 떠난 사실을 아는 이는 로그리스와 던커스뿐이었다. 아틸라는 이후에도 계속해서 백작가에서 모습을 드러내고 있었기 때문이다.

던커스.

그가 흑마법으로 아틸라가 되었다.

⚜

아틸라는 던커스가 준 지도를 가지고 천천히 길을 나섰다.

백작가를 나서서 이곳 세상을 접하는 건 처음이다.

아틸라는 본래 호기심이 많은 인물이다. 그가 흑마법을 배운 이유도 다 호기심에서 기인했다.

'로마보다 문화가 발달한 것 같지는 않다.'

아틸라는 눈을 가늘게 떴다. 분명히 무력이나 전투적인 부분에서는 훈과 로마보다 발달했다. 하지만 백성들의 삶은 아닌 것 같았다. 영주성 인근만 해도 장사를 하거나 농사를 하는 이들에겐 제법 의욕적인 분위기를 느낄 수 있었다. 하지만 점점 영주성에서 멀어지자 백성들의 얼굴은 피폐하기 그지없었다.

아틸라는 이 세상의 계급 구조가 이해되지 않았다.

황제!

그리고 그 밑에 영주들이 각자의 성을 다스리는 봉건제.

웃기지도 않는 계급 구조다. 영주는 자기의 성에서만큼 왕과 다름없는 존재고 세력을 기를 수 있다. 그렇게 세력을 길러서 반란을 일으킬 수도 있지 않은가?

'나라의 권력은 모두 한곳에 집중되어야 하거늘.'

훈 제국의 모든 권력을 움켜쥔 아틸라로서는 이해가 되지 않는 일이었다. 또한 일반 평민과 농노의 계층 차이도 쉽사리 이해되지 않았다. 애초에 훈족은 유목민족이었기에 훈 제국에는 농민이 거의 없었다.

훈족은 약탈과 전쟁으로 자신들이 원하는 것들을 구해 가며 살아갔으니까.

아틸라는 고개를 휘휘 저으며 앞으로의 행보에 집중했다.

하늘 감옥.

하늘 위 최악의 범죄자들의 감옥.

'도저히 어찌할 수 없는 최악의 범죄자 수용소. 유사시엔 좋은 아군이 되겠군.'

그들은 하나같이 피에 굶주린 살인마들이다.

그들을 죽이기엔 여의치 않다. 워낙 뛰어난 무력을 갖고 있는 존재들이기에 어찌할 수 없다. 하지만 죽인다면 못 죽일 이유도 없다. 그렇지만 제국에서 그렇지 않고 가둬 두는 이유가 있었다.

유사시 전쟁이 벌어질 경우, 저들을 자유를 보장하며 든든한 아군으로 삼을 수도 있을 터였다. 피에 굶주린 저들을 전장에 풀어놓으면 그만큼 위험한 존재들이 또 있을까.

제국은 극도로 위험한 범죄자를 이용할 정노로 큰 그릇을 가지고 있었다.

'한 나라의 황제라면 암 그래야지.'

아틸라는 그런 황제의 그릇을 칭찬했다. 바츨라브 백작가만 해도 대단한 가문이다. 비록 지금은 처참하게 흔들리고 있지만, 제국은 바츨라브 백작가와 같은 대단한 가문을 품에 안고 있다.

그리안 제국.

현 대륙을 지배하는 사실상의 최강국.

아틸라는 호승심을 느꼈다.

로마는 최강국이었다. 오랜 역사와 함께 천하를 지배하는 최강국, 하지만 아틸라는 훈 제국을 세우고 세상의 지배자를 자처했다.

호승심이 들끓었다.

이 세상의 최강국이라.

'아니지, 일단 내가 할 일에 집중하자.'

아틸라는 흥분되는 마음을 가라앉혔다. 머리를 차갑게 굳혔다. 그의 발걸음은 하늘 감옥을 향했다.

크리스티안은 하늘을 바라보았다.

달빛 아래 그림자가 일렁였다. 이윽고 허공에서 검은 손이 불쑥 튀어나왔다.

"잘 있었나, 크리스티안."

"……네놈이 웬일이냐."

"아아, 동료끼리 왜 이리 차갑게 굴어. 동료를 만나러 오는 데 이유가 필요하나?"

그림자는 빙글빙글 웃으며 말했다. 크리스티안은 웃을 수 없었다. 눈앞의 그림자가 얼마나 위험한 존재인지 알고 있기 때문이다. 크리스티안은 정색하며 그림자를 노려보았다.

"백작가를 집어삼키는 일은 어찌하고 날 찾아왔지?"

"이봐, 크리스티안! 그것 나만의 일이 아니라고, 우리들의 임무지. 왜 나한테만 맡기고 그래?"

"동료의 의견을 무시하고 독불장군처럼 구는 녀석을 위한 일이지."

그림자는 빙긋 웃었다.

"정말 섭섭하네. 좋아, 사실 너한테 부탁할 게 있어서 왔어."

"부탁?"

크리스티안의 눈동자에 이채가 서렸다. 자신이 아는 그림자는 누구에게 부탁을 하는 존재가 아니었다. 스스로 힘이 워낙 강력하여 뭐든지 해낼 수 있는 이니까.

"소식은 들었을 거야. 이공자, 그 새끼 호랑이가 미쳐 버린 거."

"들었다. 고스와 도미니언 기사단을 숙청시켰다지?"

"응. 나도 깜짝 놀랐다니까. 새끼 호랑인 줄만 알았는데 어느새 흉포한 야수가 되어 있어서."

"그래서 무슨 부탁이지?"

"이공자가 지금 자리를 비웠다."

"……?"

"던커스 그 냄새나는 흑마법사 놈이 대역하고 있다지만 내 눈을 속일 수는 없지."

"그래서 이공자를 죽이라는 건가?"

"응. 반불구로 만들어 줘. 하지만 힘들 것 같으면 죽여도 상관없어."

크리스티안은 이해가 되지 않는 표정이었다. 그가 거느리고 있는 어쌔신들의 능력이면 이공자는 충분히 제거할 수 있었다. 대공자, 아니 바츨라브 백작이 정정한 모습으로 나타난다고 한들 충분히 제거할 수 있다.

그런데 불구로 만들거나 여의치 않으면 죽이라?

자신이 거느린 어쌔신들을 무시하는 것인가.

아니면 그만큼 이공자를 높이 평가하는 것인가?

"너라면 간단히 일을 끝낼 수 있을 텐데."

"난 못 해."

"어째서?"

"위에서 나를 좀 찾더군. 본 서클에 다녀와야 해."

크리스티안은 고개를 끄덕였다. 그림자의 능력이라면 상부의 명쯤 눈치껏 무시할 수 있다. 하지만 그림자가 속해 있는 집단은 달랐다.

블러드 서클(Blood Circle)!

피에 미친 악귀들이 도사리는 곳!

그곳이 떠오르자 크리스티안은 몸서리쳤다. 자신이 속한 그룹도 만만치 않은 곳이지만 블러드 서클은 정말 말그대로 미친놈들만 존재하는 곳이었으니까.

"내가 아니더라도 그놈이 있잖나?"

"그 먹물 냄새나는 놈은 그냥 싫어."

"……."

"그러니 부탁 좀 할게."

"이공자가 경계할 만큼 위험한가? 대공자 정도인가?"

"그래. 어쩌면 대공자 이상일지도 몰라."

"그런……!"

대공자는 까다로운 상대였다. 거침이 없었고, 자신들의 존재를 알아채고 파헤치기까지 했던 이다. 결국 백작가를 차지하기 위해 그를 죽이게끔 유도할 수밖에 없었으니까.

그림자의 평가는 냉정하고 정확하다.

그가 말한다면 그런 것이리라.

"좋아, 그가 어디로 가고 있지?"

"하늘 감옥."

"……무슨 속셈인 거지, 이공자."

"모르겠어. 괜히 긁어 부스럼 생기기 전에 어떻게 해야 할 거야. 룩스 놈이 워낙 간이 작아야지. 룩스 놈을 믿고 있기엔 불안해. 이공자를 제거해야 돼."

"알겠다."

"그럼 부탁할게."

그림자는 만족스럽다는 듯이 고개를 끄덕였다. 그리고 달빛 아래 암흑이 일렁였다.

갔다. 그림자는 이곳을 떠났다.

"후, 준비해야겠군."

크리스티안은 조용히 자리에서 일어섰다.

그가 있는 곳은 바츨라브 백작가의 클리닉 센터였다.

"아, 그걸 말 안 해 줬네."

허공을 가르던 그림자가 멈칫했다.

한 가지 중요한 사실을 가르쳐 주지 않았던 것이다.

"어쩌면 루인이 아닐지도 모른단 사실, 말 안 해 줘도 되겠지? 그가 기르는 어쌔신들의 능력은 의심할 여지가 없으니까."

그림자는 웃으면서 다시 어둠에 동화됐다.

대상: 루인 이공자.

불구로 만들 것, 하지만 여의치 않으면 반드시 필살(必殺).

주의점: 수석기사 로엔을 일격에 죽임. 도미니언 기사단장 네크로를 죽인 이가 던커스가 아닌 이공자라는 소문이 있으나 진위 여부는 확인 불가.

어쌔신 삼호는 내려온 명령서를 보고 눈을 가늘게 떴다.

수석기사 로엔은 젊은 나이에 출중한 재능과 실력을 갖추고 있었다.

그런 이를 일격에 죽였다.

그렇다면 능력이 파악 불가였다.

일격으로 죽일 만큼 압도적인 능력의 차이가 있단 말인가?

무엇보다 기사단장 네크로를 죽였다는 소문.

진위 여부를 떠나서 그런 소문이 돌 정도라면 범상치 않은 실력을 갖고 있을 터.

삼호는 자신을 따라온 오호, 칠호, 팔호, 구호를 보며 고개를 끄덕였다.

그들은 말도 하지 않고 삼호의 뜻을 알아들었다.

방심하지 말 것!

그들은 일급 어쌔신이다. 마음만 먹으면 기사단장 네크로도 가뿐하게 제거할 수 있다.

그들은 실력이 뛰어날 뿐만 아니라 어떤 목표물이든지 절대 방심하지 않고 임무에 최선을 다했다. 그것이 일급 어쌔신이라는 등급을 받을 수 있었던 이유였다.

삼호는 자신의 능력을 믿었다.

비록 특급인 일호와 이호에 비해 손색이 있으니 그 혼자서도 네크로를 암살할 수 있는 실력을 갖추고 있었으니까.

삼호는 몸을 움직였다.

'일단 이공자의 경로를 확실하게 파악한다. 하늘 감옥으로 간다고 하나 확실하게 해야지.'

오호, 칠호, 팔호, 구호가 그 뒤를 따랐다.

그들의 능력은 바람을 탈 수 있다는 것이다.

바람에 몸을 맡겨 움직일 수 있었다. 그래서 그들이 지나가도 알아차리는 사람이 없었다. 갑자기 바람이 불었다고 생각할 만큼 그들의 능력은 은밀하고 대단했다.

바람을 타고 움직이자 속력이 빨랐다.

그들은 얼마 지나지 않아 이공자의 흔적을 찾았다.

'직선 경로다. 하늘 감옥으로 가기 위한 가장 빠른 길이다. 발자국의 깊이가 깊다. 빨리 걷고 있지 않다는 사실이다. 곧 따라잡을 수 있겠군.'

삼호는 눈짓을 줬다. 그들은 서로가 끈끈한 심령으로 연결되어 있었다.

말을 하지 않아도 서로의 생각을 알 수 있었다.

동료의 눈을 통해 보고, 동료의 귀를 통해 들을 수 있었다.

왜 크리스티안의 어쌔신들이 대단하다고 하는지 알 수 있는 대목이었다.

똑같은 장소와 수련법으로 평생을 살아왔다.

그들만큼 손발이 잘 맞는 어쌔신들이 또 있을까.

'앞서 나가서 이공자를 기다린다.'

삼호는 곧바로 몸을 움직였다.

바람처럼 내달리기 얼마나 지났을까.

삼호의 움직임이 멈추어졌다.

'흔적이……?'

하늘 감옥으로 향하던 아틸라의 흔적의 경로가 바뀌어 있었다.

수목이 울창한 숲 속으로 흔적이 이어져 있었다.

삼호의 눈빛이 살짝 흔들렸다.

'추적을 눈치챘다.'

추적을 눈치채지 않고서야 경로를 바꿀 리는 없다.

삼호의 표정이 더없이 진지해졌다. 그렇지만 바뀌는 건 없다.

다만 추적을 눈치챘으니 상대의 반항이 심해질 것이라는 사실뿐이다.

오히려 그것이 목숨을 잃게 만들지도 모른다.

불구로 만드는 일이 불가능하다면 그들은 반드시 아틸라를 죽여야 했으므로.

삼호는 곧바로 흔적을 쫓아 숲으로 들어갔다.

얼마 되지 않아 다시 흔적이 발견되었다. 흔적으로 보건대 고작 십 분이 지났다.

'더 깊숙이 들어가는군.'

어쌔신들의 움직임 더욱 기민해졌다.

흔적을 쫓던 삼호의 눈빛이 별안간 흔들렸다.

계속해서 오 분, 십 분 간격으로 흔적이 발견되었다.

문제는 흔적이 한 장소에서 벗어나지 않고 있다는 사실
이었다.

마치 한자리를 살피듯이 **뺑뺑** 돌고 있었다. 그걸 알아
챈 삼호의 눈빛이 거세게 흔들렸다. 다른 어쌔신들도 마
찬가지였다.

'우릴 감시하고 있다!'

자신들이 쫓는 것이 아니었다.

이미 상대는 자신들을 파악하고 감시하고 있었다.

일부러 흔적을 남기면서 자신들을 유인했고, 그 모습을
지켜보고 있었다.

삼호는 소름이 돋았다.

임무를 맡은 이래 처음 일어난 일이다.

'어떻게?'

이공자가 설마 자신들을 미리 예측했단 말인가.

그럴 리가 없다. 애초에 추적을 눈치챈 일부터 이상했
다.

자신들은 바람을 탄다.

바람의 흐름에 따라 움직이면 그 어떤 흔적도 남지 않
는다.

추적을 눈치챌 수가 없다.

한데 추적을 눈치채고 오히려 유인하면서 지켜보기까지
한다.

'모두 다른 방향으로 흩어진다.'

삼호는 심령으로 명령을 내렸다. 한곳에 뭉쳐 있으며 감시받을 바에야 흩어져서 목숨을 노리는 것이 좋다 판단한 것이었다.

삼호를 비롯한 오호, 칠호, 팔호, 구호가 순간 사방으로 흩어졌다.

'반드시 죽겠군.'

그들은 각자가 움직여도 충분히 위협적이다. 암살은 실패할 리가 없으리라. 단지 원래 목표를 이루지 못하고 반드시 죽여야만 할지도 몰랐다.

기감이 보통이 아니다.

추적을 눈치채고 유인까지 하는 모습을 보니 배짱도 두둑하다.

'그렇지만 변한 건 없다.'

삼호의 눈빛이 매섭게 빛났다.

칠호는 숲을 내달렸다.

숲은 나무와 풀이 우거져서 움직임에 제한이 많았다.

하나 칠호는 바람을 달린다. 땅을 걷는 것이 아니라 바람을 걷는다.

칠호의 눈에 주위 풍경이 휙휙 빠르게 지나갔다.

'목표가 당황했다.'

발자국의 깊이가 우선 얕아졌다. 뒤꿈치는 바닥에 스치기만 했다. 발자국 간의 거리가 짧아졌다. 빠르게 움직이고 있단 사실이다.

이젠 사냥이다.

사냥감을 잡기 위해 사냥꾼들이 숲을 가로지르고 있다. 다섯의 사냥꾼이 하나의 짐승을 잡기 위해 그물망을 짜고 있었다.

'저기 있군!'

칠호는 희미하게 보이는 인영을 보고 속으로 쾌재를 질렀다.

빠르게 질주하고 있는 이공자의 모습이 보였다.

'괜히 불구로 만들려고 하면 도망칠 수 있다. 곧바로 죽인다.'

칠호는 멍청하지 않았다.

괜히 여유를 부려서 살려 놓고 불구로만 만들려 하지 않았다. 상대는 자신들의 추적을 알아차리고 유인하여 지켜보기까지 했던 인물이다.

결코 방심해서는 안 되는 상대였다.

칠호의 생각은 훌륭했다.

'단 한 칼!'

칠호가 바람이고, 바람이 칠호 그 자체다. 마치 자연에서 부는 바람처럼 칠호는 아틸라에게 접근했다.

그 순간까지 아틸라는 모르는 듯했다.

고개를 돌리지도 않고 맹목적으로 앞만 보고 달리고 있었다.

칠호는 그때 알아차려야만 했다.

상대는 먼 거리서 추적해 오는 자신들을 알아차린 뛰어난 기감의 소유자.

한데 이렇게 가까이 접근하는 동안 깨닫지 못한다?

칠호는 바람이 되는 자신의 능력을 과신했다.

피융!

칠호의 단검이 화살처럼 쏘아졌다. 바람의 기운이 서린 단검은 무서운 속도로 아틸라의 목덜미를 꿰뚫었다.

"……?!"

칠호는 그때서야 이상함을 깨달았다.

단검은 아틸라의 목을 꿰뚫고 바닥에 꽂혔다. 피도 흘리지 않았다. 구멍도 나지 않았다. 단지 달리던 자리에 멈추어 선 채 꿈쩍도 하지 않았다.

"설마……?"

사라져 간다.

눈앞에 있는 아틸라가 흔적도 없이 사라져 간다.

마치 환상처럼.

"헛것을 봤나 봐?"

"……!"

귀에 꽂히는 사신의 목소리.

어쌔신 칠호, 그의 몸이 가늘게 떨렸다.

"……칠호?!"

사방으로 퍼져 아틸라의 흔적을 쫓던 다른 어쌔신들이 우뚝 멈춰 섰다.

끊겼다.

심령을 통해 연결되던 칠호와의 교감이 끊겼다.

그것이 무엇을 말함인가?

"칠호……!"

삼호의 목소리가 가늘게 떨렸다.

있을 수 없는 일이다. 자신들은 사냥꾼이었다. 사냥을 해야 하는 입장이다. 사냥꾼이 죽어서는 안 됐다.

삼호는 칠호의 흔적을 쫓아 달렸다.

그리고 이내…….

"으음……!"

삼호의 입술을 비집고 답답한 신음이 토해졌다.

이 얼마나 참혹한 모습인가!

머리부터 사타구니까지 일직선으로 갈라져 있는 반쪽의 시체가 보였다.

칠호였다.

삼호는 시신에 다가가 부릅떠진 눈을 감겨 줬다.

공포, 그리고 경악의 표정.

도대체 어떻게 죽었을까?

"일격이다."

시신의 흔적을 살핀 결과 단 일격에 죽였다.

머리부터 사타구니까지 한 방에 갈랐다.

무시무시한 괴력에 절단력이었다. 소름이 끼쳤다.

마치 장작 패듯 너무 간단하게 쪼개 버린 것이 아닌가.

'로엔도 일격에 죽였다고 들었다. 일격에 혼신의 힘을 싣는 기술인가. 아니면 너무 압도적인 실력 차가 난단 말인가?'

삼호의 얼굴이 굳어졌다. 전자라면 다행이었다. 그 일격을 피하거나 어떻게든 막아 낸다면 충분히 역공을 통해 쉽게 제거할 수 있었으니까.

하지만 후자라면 어렵게 된다.

도저히 어떻게 할 수 없다.

'칠호가 정면승부를 하진 않았을 것이다. 분명 뒤를 노렸을 터인데……'

삼호는 생각했다.

자신이 칠호가 되는 공상을 시작했다. 자신이라면 어땠을까?

우선 그 흔적을 찾아 뒤쫓고……

그때였다.

삼호의 심령이 통째로 흔들렸다.

'팔호……!'

팔호와의 교감이 끊겼다.

삼호의 얼굴이 더없이 딱딱해졌다.

칠호, 팔호가 연이어 죽었다!

이번 임무의 책임자인 삼호의 얼굴이 다급해졌다.

위급 상황이다!

이런 적은 단 한 번도 없었다. 고수를 죽일 때 어째신이 다친 적은 있어도 이렇게 두 명이 연이어 죽은 적은 처음이었다.

삼호의 몸이 바람을 타고 빠르게 움직였다.

팔호의 흔적을 쫓았다.

여기서 삼호가 놓친 중요한 사실이 있었다. 분명 칠호와 팔호가 무언가를 쫓던 흔적은 있다.

하지만 쫓기는 무언가의 '흔적'은 보이지 않았다. 오직 칠호와 팔호만의 흔적만이 있었다.

과연 그들은 무엇을 쫓고 있었던 것일까?

칠호와 팔호의 죽음에 충격받은 삼호는 그 점을 간과한 채 현장으로 달려갔다.

이윽고 삼호는 현기증이 도는 것을 느꼈다.

칠호와 똑같이 처참한 모습의 팔호!

다만 다른 점이 있었다면 무언가 적힌 종이 한 장이 펄럭이는 것뿐.

살아서 아무도 이곳을 나가지 못한다.

"사냥꾼을 사냥하는 야수란 말인가……."

사냥꾼들이 사냥하려는 사냥감은 한낱 짐승이 아니었다.

야수였다.

우리는 사냥당하고 있다. 최고의 사냥꾼들이 저 포악한 야수에게 한 명, 한 명 사냥당하고 있었다. 삼호는 실수했음을 깨달았다.

흩어져서 쫓아서는 안 될 야수다.

야수는 애초에 저걸 바라고 이 모든 일을 행했던 것이다.

일부러 유인했던 것도.

감시하는 흔적을 남긴 것도 애초에 계획되었던 일이리라.

삼호의 몸이 공포에 떨렸다.

그리고 그 시각.

심령으로 연결되던 오호와 구호의 교감이 모두 끊겼다.

삼호.

그는 혼자 남았다.

6.
불사신 바스티안

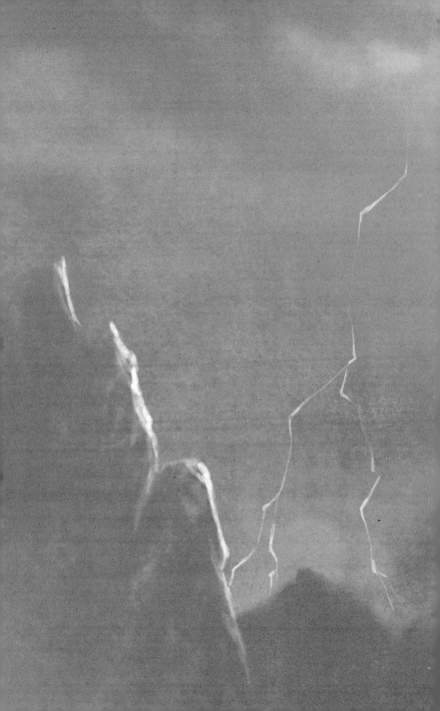

세상 곳곳엔 어둠이 존재한다.

낮이라고 하더라도 분명 어둠이 있다. 그늘진 곳, 땅 밑바닥……

평소처럼 암동을 펼친 채로 움직이던 아틸라의 기감에 이상한 것이 걸렸다.

바로 바람의 움직임이 너무나 은밀했다는 점이다. 바람은 어둠 속도 자유롭게 움직인다. 자연히 어둠과 교감하는 아틸라는 바람이 자신을 쫓는 것처럼 움직이는 부분을 느낄 수밖에 없었다.

아틸라는 직감적으로 느꼈다.

누군가 자신을 쫓는다고.

그래서 아틸라는 곧바로 그들을 유인했다. 그리고 함정을 팠다. 주위에서 맴돌아서 그들을 하나하나 흩어지게 하려는 속셈이었다.

물론 모두 모여 있는 상태에도 아틸라는 충분히 상대할 수 있었다.

그들은 어째신, 살수였다.

암습을 한다면 아틸라도 버텨 낼 재간이 없다.

하지만 정면승부라면 네크로도 일격엔 죽인 아틸라로서는 그들을 모두 죽이는 것이 불가능한 일은 아니었다.

그럼에도 서로 흩어지게 한 이유는 바로 공포에 있었다.

한 명, 한 명 공포에 빠뜨리게 하려는 속셈!

흩어진 동료들이 한 명, 한 명씩 죽어 간다면 남은 이들의 심정은 어떨까?

아틸라는 그 점을 파고들었다.

공포에 빠진 어쌔신들은 환상에 휩쓸렸다.

자신들이 아틸라를 뒤쫓고 있다고 굳게 믿었다.

실제로 아틸라는 단지 지켜보기만 하면서 오히려 어쌔신들의 뒤를 쫓았었다. 공포에 빠진 이상 그들이 아틸라의 흑마법을 이겨 내기란 어려웠다.

무엇보다 결정적인 이유는 탈혼안을 사용하기 위해서였다.

로엔에게 얻었던 교훈 때문에, 그는 적들을 철저하게 공포에 빠뜨린 후에야 탈혼안을 사용했던 것이다.

덕택에 아틸라는 검은 세력의 정체에 한발 나아갈 수 있었다.

'또 다른 소득도 있었고.'

아틸라의 입가에 살짝 미소가 맺혔다.

피곤하긴 했으나 만족스런 결과다.

이윽고 아틸라는 다시 걸음을 계속했다. 한시라도 빨리 하늘 감옥에 가야 했다. 모습을 감춘 채 드러나지 않았던 그들이 본격적으로 움직인 이상 백작가는 어떻게 될지 알 수 없었다.

빨리 백작가로 돌아가야 했다.

자신이야 그들을 막을 수 있다.

하지만 백작가는 그들을 막지 못한다.

던커스라면 어느 정도 버틸지 모르지만, 로그리스를 필두로 한 기사들은 처참하게 무너질 것이다.

그러한 사실을 떠올리자 아틸라의 얼굴이 눈에 띄게 굳었다.

'어서 교관을 붙여야겠다. 최고의 교관을.'

아틸라의 눈이 반짝였다.

―끄아아아!

―나……어 줘!

귀곡성인가?

하늘 감옥 인근에 도착한 아틸라는 눈을 가늘게 떴다. 연이어서 끔찍한 메아리가 귀에 꽂혔다. 고개를 들어 위를 바라보았다.

끝이 보이지 않는 가파른 협곡이 구름을 끼고 버티고 있었다.

장관이었다. 정말 대단한 절경이었지만 아틸라의 눈엔 하나도 들어오지 않았다.

귀곡성을 연상케 하는 끔찍한 비명과 신음이 연이어 메아리쳐 왔다.

하늘 감옥.

말 그대로 하늘에 존재한 감옥이다. 저 협곡의 끝에 죄수들이 갇혀 있겠지. 이곳엔 간수도 없다. 지키는 사람 하나 없다. 하지만 그 누구도 감히 이곳에 들어갈 생각을 하지 못한다.

제국을 떨게 했던 흉악한 범죄자들만이 가득한 이곳을 누가 들어가랴!

아틸라는 거침없이 하늘 감옥으로 발을 내디뎠다.

협곡 안으로 들어서자 그 위엄이 더 크게 느껴진다.

어찌 이런 자연이 있을까.

하늘 높이 솟아 있는 가파른 협곡은 구름 위에 존재하는 듯했다.

그리고 그 위에서 들려오는 귀곡성들!

—끄아아아아……!

—풀어 줘……!

—개자식드아아아!

절로 소름이 끼치는 소리였다. 마치 지옥에나 온 듯한 기분이 절로 들었다. 아틸라는 별 감흥 없는 표정으로 위를 바라보았다.

그리고는 허리에 착용했던 손도끼 두 개를 꺼내 들어 그대로 벽에 꽂았다.

푹! 푹!

아틸라의 팔근육이 꿈틀거렸다.

손도끼를 박아 넣을 때마다 후두둑 떨어지는 돌가루! 아틸라는 멈추지 않고 협곡을 올랐다.

"흡, 흡."

얼마나 올랐을까.

구름이 어느덧 손에 잡힐 정도로 가까워졌다.

그때였다.

"어이, 아가야."

아틸라는 위에서 들려오는 목소리에 숨을 고르고는 위를 바라보았다. 잘 보이지는 않지만 봉두난발한 노인이 히죽 웃으면서 자신을 바라보고 있었다.

쇠사슬에 칭칭 감긴 채 벽에 박혀 있는 주제에 그의 얼굴은 퍽 편안해 보였다.

"여기까지 올라오다니 대단하구나. 너 새로 온 간수는 아니지?"

"그렇다."

"고놈 혓바닥이 반 토막이 났다. 크흠, 간수가 아니라면 다행이지. 지금까지 온 간수들은 모두 저기 까마귀밥들이 됐으니까, 낄낄낄낄!"

노인은 재밌다는 듯이 웃었다. 아틸라는 예의 그 무심한 표정으로 노인의 근처까지 올랐다. 노인과 어느 정도 눈을 마주칠 위치에 서자 아틸라는 발을 그대로 벽에 박아 넣었다.

푸욱! 푹!

"호오! 제법 힘 좀 쓰는구나."

"원래 주둥아리가 그렇게 쉬지 않고 움직이나?"

"뭐? 푸하하핫! 이 어린놈 좀 보세, 감히 이 몸을 몰라
보고……!"

"알 필요도 없지. 이딴 곳에 갇혀 있는 불쌍한 범죄자
일 뿐이지."

그 말에 노인네의 눈빛이 달라졌다. 웃고 있던 눈이 아
니었다. 흉흉한 기색이 눈에 담겼다. 상당한 살기였다.

아틸라는 살짝 놀랐다.

노인의 눈빛이 생각보다 강렬했기 때문이다.

하지만 아틸라가 누군가.

천하의 아틸라가 고작 눈빛에 겁을 집어먹을 일은 없었
다.

"이 노인네가 어따 대고 눈을 부라려?"

"뭐, 뭣이?!"

"시끄럽다."

아틸라는 별말 하지 않고 다시 위로 향해 올라갔다. 그
러자 다급해진 건 노인이었다. 정말 오랜 만에 하늘 감옥
을 찾아온 사람이기에 말을 걸었을 뿐인데 완전히 말려들
었다.

무엇보다 노인은 아틸라에게 바라는 것이 있었다.

"아, 아가야! 어디를 가느냐!"

"시끄러운 노인네 피하려고."

"올라가지 말고 내려와! 이것 좀 풀어 줘!"

"이곳에서 나가고 싶나?"

올라가던 아틸라가 오만한 눈빛으로 그를 내려 보았다.

노인은 눈을 황급하게 깜빡였다. 목이 묶여 있어서 고개를 끄덕일 수도 없었다.

아틸라는 희미하게 웃더니 천천히 노인의 곁으로 다가왔다.

가까이서 본 노인의 얼굴은 흉악했다.

얼마 동안 아무것도 못 먹었는지 피골이 상접했다.

하지만 눈에서 뿜어져는 흉흉한 기색과 내재되어 있는 살기, 그리고 파괴력은 상당했다. 또한 독기도 품고 있었다.

이 자리에 묶여 허송세월을 보내는 동안 저 독기를 잃지 않았다.

아틸라는 충분히 교관 자격이 있다고 생각했다.

실력이야 이곳에 갇힌 범죄자니까 별다른 언급이 필요하지 않을 터!

아틸라는 노인의 쇠사슬을 손으로 붙잡았다.

그는 발을 벽에 박아 철저하게 몸을 고정시켰다.

"힘으로 끊어지지는 않을 것이다."

노인이 말했다.

힘으로 끊어지는 쇠사슬이었으면 아무리 몸을 관통하여 벽에 박혀 있다고 해도 충분히 풀고 나갈 수 있었으리라.

노인뿐 아니라 이곳에 수용된 다른 범죄자들도 마찬가지다.

그렇지만 쇠사슬은 결코 힘으로 끊어지지 않는다.

아틸라의 손이 부들부들 떨렸다.

쇠사슬을 움켜쥔 그의 근육이 터질 것처럼 팽팽해졌다.

부르르!

하지만 쇠사슬은 꿈쩍도 하지 않았다. 오기가 생긴 아틸라의 눈동자에 핏발이 섰다. 부릅떠진 두 눈에서 흉흉한 기색이 터져 나왔다.

무리하게 쇠사슬을 끊으려는 아틸라의 모습을 비웃으려던 노인은 이내 비웃음을 삼킬 수밖에 없었다.

아틸라의 안광이 너무나 흉흉했기 때문이다.

스으으으!

아틸라의 몸에서 열기가 치솟았다.

뇌전이 온몸을 감쌌다.

심장이 강하게 펌프질하면서 뇌전이 폭발적으로 움직였다.

그의 손을 타고 뇌전이 뿜어졌다.

쇠사슬에 그대로 뇌전이 작렬했다.

"으, 으아아악! 이 미친놈아!"

노인의 얼굴이 고통으로 일그러졌다.

쇠만큼 전기가 잘 통하는 물질이 또 있으랴!

뇌전의 강력한 힘이 그대로 노인의 몸을 강타했다.

폭발적이었다.

살이 타는 노릿한 냄새가 역하게 뿜어졌다.

차르르르!

쇠사슬의 표면에 쌓인 녹이 모두 타서 떨어져 나갔다.

쇠사슬이 거칠게 진동했다. 양팔과 다리, 그리고 복부에 쇠사슬이 박힌 노인은 고통에 비명을 질렀다.

온몸이 터져 나갈 것만 같았다.

'이, 이 미친놈!'

노인은 욕을 뱉었다. 온몸이 타들어 가고 있었다. 뇌전이 몸에 작렬하자 도저히 정신을 차릴 수 없었다.

일반인이었으면 당장 죽었을 것이다.

노인이기에 지금껏 버틸 수 있었다. 하지만 점차 노인은 한계를 느꼈다.

정말로 죽음의 문턱에 도달한 느낌이었다.

'이 미친놈, 날 죽이려고 하고 있어!'

아틸라는 멈추지 않았다.

쇠사슬에 뇌전이 더 강하게 작렬했다.

거센 파도가 몸부림치듯 때리고, 또 때렸다.

뇌전이 작렬될 때마다 노인의 몸이 잘게 경련했다.

머리카락이 온통 타 버렸다. 걸치고 있던 누더기도 흔적조차 사라졌다. 온몸의 체모는 모두 타서 사라졌다. 피부가 뿌글거리며 익어 갔다.

하지만 아틸라는 노인의 상태는 신경 쓰지도 않았다.

그는 오로지 쇠사슬에 집중할 뿐이다.

감히 쇠사슬 주제에 자신을 버텨 내?

아틸라의 자존심 문제였다. 최근 과거의 힘을 차츰 되찾아 가는 아틸라는 고작 이런 쇠사슬을 끊어 내지 못한다는 사실에 모욕감을 느끼고 있었다.

'부순다!'

아틸라의 눈가가 번뜩였다.

쇠사슬의 진동이 갈수록 강해졌다. 사슬의 연결 고리 부분이 차츰 흐물거리기 시작했다.

그리고 끝내!

촤라라락!

쇠사슬이 아틸라의 힘을 이겨 내지 못하고 모조리 끊어졌다.

그 희열도 잠깐!

아틸라의 머릿속에서 경종이 울렸다.

노인의 발이 날아오고 있었다.

'빠르다!'

아틸라는 무척이나 빠르다고 생각했다.

그리고 위험을 느꼈다.

지금은 협곡 벽에 억지로 붙어 있는 와중이었다.

운신의 폭이 무척이나 제한적이었다.

'피할 수 없다!'

아틸라의 머리가 빠르게 돌아갔다. 피할 수 없으면 막아야 했다. 아틸라는 팔을 X 자로 교차시키며 뇌전의 기운을 한데 모았다.

푸악!

"큭……!"

아틸라의 입가에서 신음이 토해졌다.

뇌전을 한껏 끌어 올렸지만 발차기에 실린 힘은 대단했다. 아틸라의 몸이 단박에 절벽 밑으로 나가떨어졌다.

"푸하하하하하하! 드디어 자유다! 자유!"

저 위에서 노인의 웃음소리가 메아리쳤다.

아틸라는 눈을 부릅떴다.

"그래, 이렇게 나와야지!"

애초에 예상했던 바였다.

저 정도로 독기를 담고 있는 노인이 순순히 나온다면 말도 안 되는 일이었다.

다만 몸에 침투한 뇌기로 인해 운신이 힘들 거라 예상

했다.

하지만 아틸라가 피하기 힘든 공격을 했다. 그렇다면 노인의 실력이 아틸라의 예상보다 훨씬 뛰어나다는 얘기였다.

아틸라의 얼굴에 욕심이 생겼다.

한없이 낭떠러지 끝으로 추락하던 아틸라는 벽을 밟았다.

쿠웅!

벽을 밀듯이 다시 솟아오르는 아틸라!

반동력으로 아틸라는 솟구쳤다.

솟구치자마자 아틸라의 면전으로 주먹이 쏟아졌다.

"큭……!"

허공에 잔영이 일 정도로 빠른 주먹이었다. 아틸라의 입가를 비집고 답답한 신음이 터졌다. 하지만 아틸라는 호락호락하지 않았다. 노인의 주먹을 모두 피해 낸 후, 오히려 카운터를 날렸다.

쿠웅!

"우하하하! 제법 실력이 있구나? 아가야!"

뇌전이 가득 담긴 주먹이 노인의 가슴에 정통으로 꽂혔다. 하지만 노인은 휘청거릴 뿐 여전히 대소를 터뜨리고 있었다.

노인의 가슴팍을 때린 아틸라는 잠깐 떨어져서 벽에 붙

었다.

그의 표정이 흥미진진한 얼굴로 변해 있었다.

가슴팍을 때린 주먹의 촉감이 달랐다.

마치 생고무를 때리는 듯한 느낌이었다.

아틸라는 대충 알 것만 같았다.

상대가 왜 자신의 뇌전에 그리 큰 충격을 받지 않았는지.

쇠사슬을 끊기 위해 쏟아부은 뇌전만 해도 하늘에서 내리꽂히는 벼락의 파괴력에 가깝다.

그것에 정통으로 맞으면서도 살아남은 노인!

"특이한 흑마법을 익혔구나!"

"낄낄낄낄! 어떤 검과 도가 들어오더라도 난 죽지 않는다. 모든 것을 튕겨 낼 수 있다!"

노인은 즐겁다는 듯이 껄껄 웃었다.

"아이야, 잘 들어라. 내 이름은 바스티안이다! 불사신 바스티안!"

노인의 정체가 밝혀졌다.

바스티안!

불사신 바스티안!

세상 모든 무기를 튕겨 내는 육체를 가진 전무후무한 살인마!

그 누구도 그를 벨 수 없다고 한다. 검으로 베어도 튕겨 나왔고, 헬버드로 내리찍어도 튕겨 나온다.

고무와 같은 반탄력을 지니게 되는 육체!

그래서 사람들은 그를 불사신 바스티안이라고 불렀다.

하지만 아틸라의 반응은 미적지근했다.

아틸라가 어찌 십 년 전 대륙 남부를 휘젓던 살인마 바스티안을 알겠는가?

그저 그러려니 할 뿐이었다.

기대했던 반응이 나오지 않자 바스티안의 얼굴이 흉측하게 일그러졌다.

과거 바스티안이란 말만 들어도 오줌을 지리는 사람들이 한둘이 아니었다.

바스티안이란 넉 자에 서린 사람들의 공포는 말로 다할 수 없다.

"아가야, 네가 나이가 어려서 잘 모르나 보구나. 지금이라도 어서 도망치는 것이 너한테 좋을 것이다. 난 무서운 늙은이거든?"

"주둥아리로 싸움하나?"

"이, 이놈이⋯⋯!"

바스티안의 이빨이 갈렸다. 이 어린놈이 자신을 능멸한단 말인가?

바스티안은 손을 들어 올렸다.

"날 풀어 준 대가로 고통스럽지 않게 죽여 줄 생각이었다만…… 안 되겠구나. 넌 가장 고통스럽게 죽을 것이다. 아까 네놈의 라이트닝마법은 꽤 따가웠거든."

"입으로 싸우지 말자니까."

"이 자식이 끝까지!"

아틸라는 등에 메었던 배틀액스를 꺼내 들어 양손으로 쥐었다.

상대방은 고수!

로엔 따위 하고는 비교도 안 되는 고수였다. 네크로보다는 세, 네 수 위의 존재였다.

네크로 정도의 경지라면 한 수 이상의 경지만 해도 극명한 차이가 존재한다.

아틸라의 직감이라면 바스티안은 적어도 세 수 이상의 고수였다.

최선을 다해야 했다.

아틸라의 몸이 긴장으로 달아올랐다.

그는 자신이 움직일 수 있는 뇌전을 몸 곳곳에 퍼지게 했다.

벽에 박힌 채 서 있던 아틸라의 주위로 강한 스파크가 튀었다.

아틸라의 눈에 바스티안이라는 점이 보였다.

한 번에 쪼갠다.

파지직, 파지지직!

아틸라의 배틀액스에 커다란 스파크가 튀기 시작했다.

뇌전이 잔뜩 뭉친 오러가 형성되었다.

그 즉시 아틸라의 몸이 용수철처럼 솟구쳤다.

일격!

그 강대한 기운에 바스티안의 눈동자가 더없이 커졌다.

배틀액스를 보기만 해도 온몸이 갈기갈기 찢어질 것 같은 두려움이 엄습해 왔다.

단지 기세뿐이다.

그 기세에 바스티안은 마른침을 삼켰다.

바스티안의 손이 움직였다.

촤르르륵!

처참하게 끊겨 있던 쇠사슬이 마치 뱀처럼 움직였다.

쇠사슬은 바스티안의 주위를 감쌌다.

꽈아아앙!

아틸라의 무시무시한 일격이 부딪쳤다. 무지막지한 폭음이 들렸다.

협곡이 그 파괴력에 진동했다.

울컥!

쇠사슬에 마나를 불어넣어 막아 내던 바스티안은 핏덩이를 토했다.

힘과 힘의 싸움!

뇌전의 힘을 담은 아틸라의 일격과 바스티안이 모든 마

나를 쏟아부은 쇠사슬의 방어는 비등했다.

도저히 우위를 가를 수 없는 싸움이었다.

아틸라는 모든 힘을 일격에 쏟아부었다.

여기서 한 번 흐트러지면 밀리는 인물은 자신이다.

아틸라의 입가가 살짝 말아 올라갔다.

이렇게 온 힘을 쏟아부은 적이 도대체 얼마 만이란 말인가!

그건 바스티안도 마찬가지였다.

자신이 이렇게 모든 힘을 쥐어짜 내며 막아야 되는 공격은 또 얼마 만이란 말인가.

힘과 힘의 싸움은 그 누구의 승리도 말해 주지 않았다.

꽈앙!

푸아아악!

아틸라는 반대편 협곡 벽에 처박혔다.

일격에 가한 힘만큼 밀려난 것이다. 바스티안 역시 협곡에 몸이 박혀 들었다.

쿠쿠쿠쿵!

얼마나 박혀 들었을까.

어느새 작은 동굴이 완성되었다.

흙먼지가 자욱하게 퍼졌다.

"후후, 좋아. 기대했던 것보단 훨씬 낫군."

아틸라는 별다른 상처 없이 천천히 걸어 나왔다.

자신의 일격이 막혔단 사실에 놀랐을 법도 한데 그는 태연했다.

오히려 호승심에 얼굴이 붉게 달아올랐다.

드디어 싸울 만한 상대를 만난 것이다.

자신의 일격을 막는 존재는 로마에도, 훈에도 없었다. 물론 지금의 일격이 과거에 비하면 손색이 있다지만 그래도 대단한 일이다.

아틸라는 이 싸움에 점점 흥분되었다.

"제대로 붙어 보자, 노인네."

아틸라는 배틀액스를 각각 한 손에 쥐었다.

그 엄청난 무게에 흔들릴 법도 했건만 아틸라는 마치 수백 년을 살아온 거목처럼 흔들림이 없었다.

"크으윽…… 네놈 정체가 뭐냐?"

반대편 동굴에선 바스티안이 비틀거리며 걸어 나왔다.

입가에 피가 흘러내리고 있었다.

아틸라의 일격을 막느라 적잖은 내상을 입었다.

바스티안의 눈동자가 심하게 흔들렸다.

자신을 이렇게 몰아붙인 상대가 있던가?

십 년 전, 이곳에 자신을 가둔 제국 최강의 검수 이후로는 처음이다.

바스티안의 얼굴엔 웃음기가 싹 사라졌다.

적은 자신이 쉽게 바라볼 수 없는 상대!

"인정해 주마. 넌 단순한 애송이가 아니다."

"나도 인정해 주지. 넌 쓸 만한 교관이 될 것이다."

"뭐, 교관?!"

순간 바스티안의 얼굴이 휴지 조각처럼 구겨졌다.

"설마 나를 교관으로 쓸 생각으로 온 것이더냐?"

"그래, 예상보다 쓸 만한 것 같아 내가 다 뿌듯하군."

"허…… 천하의 바스티안이……."

바스티안의 얼굴이 형편없이 일그러졌다. 세상을 두렵게 했던 이 바스티안을 한낱 교관으로 삼겠다니, 화가 나다 못해 기가 막히다. 바스티안은 굳은 얼굴로 아틸라를 노려보았다.

아틸라과 바스티안.

그들이 서로의 기세를 극성으로 끌어 올리기 시작했다.

7.
어둠이 찾아올 때
야수는 깨어난다

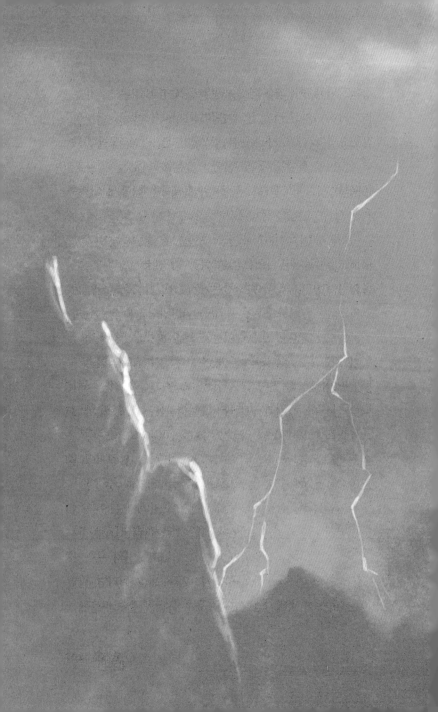

좌르르륵!

쇠사슬이 살아 있는 뱀처럼 움직였다. 바스티안을 꽁꽁 감싸고 있던 쇠사슬의 길이는 엄청났다. 끊어진 부분도 있었지만 하나의 생명체처럼 유기적으로 움직였다.

콰콰콰쾅!

쇠사슬이 벽에 박혀 들었다.

양쪽 벽과 벽을 잇는 쇠사슬!

팽팽하게 당겨져 있는 쇠사슬은 마치 그물같이 촘촘하게 협곡 벽을 메웠다. 충분히 협곡 위에서 싸울 만한 환경이 조성되었다.

바스티안은 쇠사슬 위를 달려 아틸라에게 쇄도했다.

우우우웅!

바스티안의 오른손에 핏빛의 기운이 어렸다.

그의 절세의 무학인 블러디 핸드(Bloody Hand)!

파지지지직!

극성에 이른다면 거산도 부순다는 블러디 핸드와 아틸라의 뇌전이 부딪쳤다.

꽝!

이번에도 역시 비등!

촤르르륵!

이번엔 쇠사슬이 다시 움직였다. 먹이를 노리는 뱀처럼 아틸라의 등을 노리는 쇠사슬!

깡!

아틸라의 배틀액스가 물 흐르듯 춤추며 연신 날아드는 쇠사슬을 쳐 냈다. 그 무거운 배틀액스를 자연스럽게 휘두르다 보니 그는 자신이 낼 수 있는 힘을 모조리 쥐어짜 내고 있었다.

근육이 터질 것처럼 팽팽해졌다.

쾅! 쾅! 쾅!

쇠사슬이 폭격기처럼 아틸라에게 쏟아졌다.

하지만 아틸라는 그것들을 모조리 막아 냈다.

배틀액스를 휘두르는 그의 모습은 순 빈틈투성이다.

'하지만 뚫리지가 않아!'

바스티안은 마른침을 삼켰다.

분명 빈틈이 보인다.

그런데 뚫리지가 않는다. 빈틈을 향해 공격이 들어가는 순간, 아틸라는 아주 간단한 동작으로 빈틈을 철벽으로 만들어 내고 있었다.

철벽!

당당하게 두 발로 서 있는 아틸라에게서 느껴지는 철벽의 단단함!

그 순간 아틸라의 배틀액스가 쭉 뻗어지면서 휘둘렸다.

"흡!"

바스티안은 헛숨을 들이켰다. 한 번 공간을 허용하자 아틸라의 배틀액스가 미친 듯이 파고들어 왔다.

하나의 배틀액스를 피하면 반대편에서 맹렬한 기세로 다시 날아들었다.

숨이 턱턱 막혔다.

난무!

배틀액스 두 개를 미친 듯이 휘두르는 아틸라의 모습은 공포 그 자체였다.

후아아앙!

아틸라의 팔을 타고 배틀액스로 뇌전이 뿜어졌다.

아틸라는 일부러 뇌전을 꼬고, 또 꼬았다.

바로 뇌전에 회전력을 먹이기 위함이었다.

강력한 회전력에 배틀액스의 압도적인 파괴력이 더해지자 공간이 짓이겨질 정도였다.

피하기만 하던 바스티안이 기세를 바꿨다.

계속해서 뒤로 밀리는 이상, 이길 순 없다.

바스티안의 두 손에 핏빛 기운이 어렸다.

쫭쫭쫭!

블러디 핸드와 뇌전을 머금은 배틀액스가 연신 부딪쳤다.

부딪칠 때마다 바스티안의 속은 진탕되는 느낌이었다.

뇌전이 몸속으로 들어와 장기들을 헤집기 때문이다.

아무리 자신이 고무와 같은 육체를 가지고 있다고 하더라도 계속해서 작렬되는 뇌전을 버텨 내기란 힘든 일이다.

차라리 화려한 초식을 펼치면서 자신을 몰아붙인다면 속 편하겠다.

아틸라는 정말 극히 단순무식한 공격 패턴으로 움직였다.

하지만 그 단순함에 담긴 파괴력은 실로 경악할 만한 수준이라서, 오히려 알면서도 어떻게 대응할 수가 없었다.

죽을 맛이다.

'빈틈!'

바스티안은 빈틈을 보았다.

그는 망설이지 않았다.

곧바로 블러디 핸드를 극성으로 끌어 올렸다.

동시에 빈틈을 향해 오른손이 쇄도해 들어갔다.

꽈앙!

"큭!"

다시 한 번 막혔다. 어느새 아틸라는 배틀액스의 경로를 바꾸어 빈틈을 철저하게 메꾸었다.

하나 바스티안도 호락호락하지 않았다.

오른손이 막히는 순간, 왼손이 벼락처럼 얼굴을 후려쳤다.

꽝!

다시 한 번 막혔다.

아틸라는 마치 모든 움직임을 예상하는 듯했다.

원래 그에게 빈틈이란 건 없었다.

빈틈이 생기는 순간 그것들은 모두 철벽이 된다.

"크으으으!"

다시 한 번 힘 싸움이 시작됐다.

블러디 핸드와 배틀액스가 한 치의 물러섬이 없었다.

이런 힘 싸움에서 한 번 밀리면 계속 공격을 당할 수 있다. 그래서 둘 다 혼신의 힘을 다해 버텼다.

스윽!

순간 아틸라가 버티던 힘을 뺐다.

자연 무게중심이 쏠려 있던 바스티안이 흔들렸다.

아틸라는 그 틈을 놓치지 않았다.

퍼억!

아틸라의 발차기가 그대로 바스티안의 옆구리에 작렬했다.

뇌전이 응축된 강력한 발차기!

무게중심을 잃었던 바스티안은 격한 신음을 내뱉고는 쇠사슬 밑으로 추락했다.

"이노오옴!"

아래가 보이지 않을 정도로 까마득하다.

그 아래로 하염없이 추락하는 바스티안!

그의 성난 외침만이 메아리쳤다.

아틸라는 아래를 내려다보며 호흡을 가다듬었다.

그는 긴장을 풀지 않았다.

여기서 추락한다면 뼈도 추리지 못하리라.

하지만……

"여기서 죽을 정도의 노인네는 아니다."

아틸라는 기다렸다.

그의 예상은 정확했다.

슈우우우웅!

협곡 밑에서 갑자기 폭발적인 기세가 치솟았다. 마치 돌풍이 휘몰아치는 것처럼 강렬하기 짝이 없었다.

아틸라가 눈을 빛냈다.

"왔다!"

푸아잉!

아틸라가 배틀액스를 허공을 향해 쪼개듯 내려쳤다.

"큭!"

순간적으로 어깨가 떨어지는 느낌이었다.

배틀액스는 치솟던 무언가 부딪쳤다.

그것은……

"검?"

검이 하늘을 향해 치솟았다. 아틸라는 그것을 단번에
쳐 냈다. 하지만 한 개가 아니었다.

슈수수숙!

셋, 다섯, 아니 수십 개의 검이 일제히 치솟았다.

아래가 위험하다!

아틸라는 땅을 박차고 치솟았다.

그가 뛰어오르자 무섭게 밑에서 날카로운 기세의 검이
솟았다.

"천하의 바스티안이 무서운 점이 무엇인지 아느냐?"

바스티안은 멀쩡한 모습으로 쇠사슬 위에 안착했다.

그의 입가엔 미소가 걸려 있었다.

"몸이 질기다는 거?"

"낄낄낄낄, 불사신이란 별명처럼 난 웬만한 무기로 베

어도 죽지 않는다. 그것이 가장 큰 내 장점이지. 하지만 난 그전에 검을 쓴다."

바스티안은 손에 검을 쥐었다.

"수십 개의 검을 짊어 들고 다니면서 미친 듯이 싸웠다. 낮과 밤이 바뀌어도 쉬지 않고 싸운 적도 있다. 그러다가 검이 부러지면 다시 검을 꺼내 싸운다. 부러지면 다시 꺼내고, 그렇게 내가 가지고 있는 모든 검이 부서질 때까지 난 싸움을 멈추지 않는다."

바스티안의 눈동자가 살기로 번들거렸다.

그것은 하나의 광기였다.

싸움에 빠진 자의 광기!

그도 처음에는 순수하게 검을 휘두르던 기사 지망생이었다. 하지만 순간 자신도 모르게 첫 살인을 했다.

그때의 흥분이란!

바스티안은 그때부터 싸움에 미쳤다. 서로 죽고 죽이는 그런 싸움에 미쳤다. 싸우다가 검이 부러지면 부러진 검 조각으로도 싸웠다.

바스티안은 쉬지 않고 싸우고 싶었다.

그래서 그는 검 수십 자루를 한 번에 들고 다녔고, 늘 강자에게 도전해 싸웠다.

그러다 보니 그는 자기도 모르게 깨달을 수 있었다.

여타 기사들처럼 검 한 자루를 다루는 것이 아니라, 수

십 자루를 단번에 다룰 수 있는 악마적인 기술을 깨달은 것이다!

"체술도 내 특기긴 하지만, 검술에 비하면 손색이 많지."

"말이 많군."

"낄낄낄! 그렇게 오만하게 서 있을 시간도 얼마 남지 않았다!"

"닥치고 덤벼."

아틸라는 흔들리지 않았다.

애초에 관심이 없었다. 바스티안의 블러디 핸드도 대단했다. 또한 근접해서 주먹과 발을 휘두르는 실력도 뛰어났다.

하지만 아틸라가 파악했던 바스티안의 강함에 비해 손색이 있었다. 그래서 예상하고 있지 않았던가?

바스티안이 모든 힘을 드러내지는 않았다고 말이다.

"그동안 이곳은 수많은 간수들이 배정되어 왔다. 하지만 모두들 버티지 못했다. 이곳엔 나와 같은 흉악한 놈들만 바글대니까. 여기 온 간수들은 모두들 하나같이 저 벼랑으로 떨어졌지. 그 수가 수십이 된다. 당연히 그들이 가지고 있던 검들도 수십 자루가 되지."

검을 어디서 구했는지 드디어 의문이 깨졌다.

절벽 아래도 널어진 바스티안은 거기서 수십 자루의 검

을 주웠다.

전화위복이다.

아틸라의 공격에 벼랑 끝으로 떨어졌지만, 거기서 바스티안은 상황을 역전할 자신의 무기를 되찾았다.

"입 다물고 덤비라니까?"

아틸라는 바스티안을 도발했다. 하지만 바스티안은 이전처럼 도발에 걸려들지 않았다. 그만큼 여유를 되찾음이리라.

바스티안은 음흉한 웃음을 흘리며 섬광처럼 쏘아졌다.

아틸라는 똑바로 보았다.

섬광 속에 번뜩이는 검 끝을!

세상 모든 것들을 뚫어 버릴 수 있을 듯한 송곳 같은 예기가 폭발적으로 뿜어지고 있었다.

아틸라의 머릿속이 빠르게 회전했다.

쳐 내느냐, 피하느냐?

생각하는 데 0.01초!

머릿속에서 시뮬레이션을 통해 결과를 도출해 내는 데 0.03초!

곧바로 행동으로 옮겨지는 데 0.02초!

고작 0.06초 만에 아틸라의 배틀액스가 찔러 오던 검을 바닥을 향해 내려쳤다.

깡!

바스티안의 검이 그대로 끊어졌다. 아틸라는 그 틈을 놓치지 않고 왼손에 있던 배틀액스를 횡으로 휘둘렀다.

깡!

바스티안은 곧바로 새로운 검을 손에 쥐었다.

극히 빠른 속도였다.

그랬기에 그가 수십 자루의 검을 동시에 다룰 수 있다 했다. 검이 부러지고 다시 검을 잡을 때에 시간이 걸릴 수밖에 없다. 그때가 바로 가장 위험한 때다.

하지만 바스티안은 그것을 극도에 달한 스피드로 상쇄시켰다.

깡깡깡!

곳곳에서 검이 날아왔다.

바스티안의 검을 상대하는 일만 해도 힘든데, 아래, 뒤, 머리 위에서 날아오는 모든 검들을 파악하고 막아 내기란 여간내기가 아니었다.

아틸라의 입에서 신음이 터져 나왔다.

바스티안은 멈추지 않고 몰아쳤다.

폭풍 같았다.

그는 자신이 들고 있는 검에 블러디 핸드를 접목시켰다.

묵중한 압력이 휘두를 때마다 아틸라를 덮쳤다.

바스티안은 싸움에 있어선 천재였다.

굳이 말하자면 그는 멀티태스킹(Multitasking)을
할 수 있는 몇 안 되는 존재였다.

싸움에서 여러 일을 동시에 할 수 있다면 그만큼 유리
한 일이 또 어디 있겠는가.

세상이 왜 한때 바스티안을 두려워했는지 알 수 있는
대목이었다.

이대로라면 바스티안이 이긴다.

폭풍처럼 몰아치는 바스티안은 지친 기색도 보이지 않
았다. 하지만 거목처럼 굳건했던 아틸라는 점차 흔들리기
시작했다.

사실 지금까지 모든 공격을 막고 있다는 사실만 해도
놀라울 정도다. 세상 어떤 이가 사방팔방에서 쇄도해 들
어오는 검들을 막을 수 있단 말인가!

그 놀랄 정도의 반사 신경과 침착함, 그리고 끝내 무너
지지 않는 무게중심에 바스티안은 혀를 내둘렀다.

시간은 흘렀다.

해가 지고 석양이 드리워졌다.

쉬지 않고 검을 휘두르던 바스티안의 얼굴에 땀이 비처
럼 흘렀다.

'이, 지, 지독한 놈……!'

바스티안은 소름이 끼쳤다.

벌써 몇 시간째란 말인가!

지치지도 않는단 말인가. 바스티안은 구멍 난 독에 물을 퍼붓는 듯한 느낌이었다. 쉬지 않고 모든 공격을 다 퍼붓고 있음에도 아틸라는 흔들리긴 했으나 쓰러지진 않았다.

미친 듯한 싸움을 좋아하는 바스티안도 질렸다.

철벽이었다.

공격할 때는 그토록 무서운 야수가 따로 없더니, 방어에만 치중하니 도저히 뚫을 수 없다.

또한 지치지 않는 경이적인 체력!

아틸라가 무식하게 해 왔던 체력 훈련이 드디어 빛을 발하고 있었다.

한 달 동안 수도 없이 자신의 한계를 부수고 또 부순 사람이 아틸라다.

그의 체력은 경이적일 정도다. 순수 체력만 해도 그렇다. 거기에 뇌전을 이용하여 억지로 버틴다면 언제 쓰러지겠는가?

아틸라는 여전히 침착한 얼굴로 쇄도해 들어오는 검을 쳐 냈다.

바스티안이 공격의 궤를 달리하기도 했다.

변초를 수도 없이 섞어 공격도 했다.

하지만 통하지 않는다.

아틸라의 육신엔 상처 하나 생기지 않는다.

시간이 지날수록, 주위가 어두워질수록 더욱 그렇다.

오히려 갈수록 더 철벽같았다.

세상 모든 것을 막아 낸다는 전설의 방패 같았다.

"이놈! 이제 끝내 주마!"

바스티안이 한층 더 기세를 끌어 올렸다. 남은 기운을 모조리 쥐어짜 검에 블러디 핸드를 극성으로 일으켰다.

강맹한 기운이 소용돌이쳤다.

하지만 아틸라는 예의 침착한 모습 그대로였다.

아니, 오히려 살짝 미소를 머금고 있었다.

"그건 내가 할 말 같은데."

"뭣이……?"

"남아 있는 검이 얼마나 있나?"

"……!"

바스티안의 얼굴이 급속도로 경직됐다.

그는 황급히 주위를 살폈다. 수많은 검들이 산산조각 나서 아래로 추락하거나 쇠사슬에 대충 엉켜 있었다.

남은 검은 몇 자루 되지 않는다.

바스티안의 얼굴이 창백하게 질렸다.

그가 이곳에 갇히게 될 때, 그는 제국 최강의 검수를 상대로 한 치의 물러섬도 없었다. 오히려 싸움의 주도권을 가져갔다.

하지만 적은 끝까지 포기하지 않고 막아섰다.

모든 공격을 막고, 또 막았다.

그리고 끝내.

바스티안이 모든 무기를 잃었을 때, 그는 결국 무너지고 말았다.

그의 약점이었다. 바스티안은 무기를 아끼지 않는다. 그저 모든 공격을 다 퍼붓는다. 무기가 고갈되는 순간 그는 자신의 장점을 하나 잃게 된다.

아틸라는 그걸 바로 깨달았다.

바스티안은 멀티태스킹이란 자신의 능력을 백분 활용할 줄 알았다. 수십의 검을 동시에 움직이며 적의 허점을 노린다.

단 한 번의 공격으로 모든 걸 파괴하는 아틸라과는 정반대였다.

멀티태스킹은 분명 위험한 악마의 재능이다.

하지만 그것에 의지하다가 쓸모가 없게 되면 어떻게 될까?

지금 바스티안의 상황이 그렇다.

온전한 검은 몇 자루 없다. 멀티태스킹이 소용없다는 사실이다.

'설마 이걸 노리고⋯⋯!'

바스티안의 손이 부들부들 떨렸다.

지금껏 이걸 노리고 버티고 있었단 말인가. 바스티안은 다시 한 번 뼈아픈 실책을 하고야 말았다. 제국 최강의 검수에게 받았던 교훈을 십 년이 지난 지금 잊어버렸던 것이다.

바스티안은 이를 악물었다.

일이 이렇게 된 이상, 자신의 모든 능력을 극대화시키면서 짧은 시간에 끝내야만 했다.

남은 검은 다섯 자루.

멀티태스킹 능력을 최대한 발휘해서 세심하게 컨트롤한다. 그리고 몸을 던지면서 공격을 가한다. 바스티안은 결연한 얼굴로 블러디 핸드를 극성으로 끌어 올렸다.

"그렇다고 해서 끝난 건 아니다."

아틸라가 비웃었다.

"이 노인네야. 내가 할 수 있는 게 고작 도끼질하고 뇌전이나 뿜어내는 것밖에 없다고 생각해?"

"뭐……?"

"보라고 노인네. 지금은…… 밤이다."

하늘을 바라보는 아틸라. 바스티안의 시선도 자연 하늘로 향했다.

석양이 졌다.

어느새 협곡에는 칠흑 같은 어둠이 몰려오고 있었다.

이상했다.

어둠이 꿈틀거리며 아틸라의 주위로 모여드는 것처럼 보였다.

"내가 헛것을 보는가?"

바스티안의 중얼거림이 조용하게 퍼졌다.

"노인네, 밤이 되면 진정 싸움에 미친 야수가 깨어나."

"뭐⋯⋯?"

아틸라의 얼굴이 암흑에 파묻혔다. 보이지 않았다. 어느새 아틸라의 형체는 어둠과 완벽하게 동화되어 가고 있었다.

"바로⋯⋯ 이 시각에!"

"⋯⋯!"

아틸라의 검은 눈이 반개했다.

아틸라의 눈빛이 그대로 작렬했다. 바스티안은 머릿속이 모두 헤집어지는 듯한 느낌이었다. 몸이 굳고 순간적으로 지독한 공포에 휩싸였다.

"이제 지루한 싸움을 끝내 주마!"

아틸라의 몸이 어둠에 휩싸였다.

암동!

스스로가 어둠이 되는 흑마법이 발휘되었다.

아틸라가 곧 어둠이고, 어둠이 곧 아틸라다.

어둠이 격하게 꿈틀거렸다.

멍하게 서 있는 바스티안에게 파도처럼 어둠이 덮쳐들

었다.

"흐, 흐억!"

바스티안은 간신히 정신 차렸다.

탈혼안의 공포를 이겨 낸 바스티안을 기다리는 것은 아틸라의 강력한 일격이었다.

"끄아악!"

처참한 비명 소리가 들려왔다.

아틸라의 일격은 강력하기 짝이 없다. 막아 낼 각오를 하고 온 힘을 쏟아 막아야만 했다. 하지만 정신을 제대로 차리지도 못하고 황급하게 손을 뻗은 바스티안은 아틸라의 일격을 막지 못하고 협곡 벽으로 처박혔다.

이제 아틸라의 진실 된 능력이 드러났다.

쾅! 쾅! 쾅!

순식간에 이루어지는 3연타!

바스티안은 정신을 차릴 수 없었다. 정면에서 날아오는 공격을 막아 내자, 찰나에 곧바로 옆구리를 베어 오는 도끼! 이어 등으로 가해지는 강력한 일격!

"크억!"

바스티안의 얼굴이 새하얗게 변했다.

앞선 두 번의 공격은 어찌어찌 막아 냈다. 하지만 등을 강타한 무지막지한 일격은 어찌할 수 없었다.

일반인이었으면 몸이 반쪽이 났으리라.

그러나 바스티안은 도검이 통하지 않는 반탄력의 육체!

겉은 멀쩡했지만 몸속은 모조리 움푹 찌그러 들어갔다. 바스티안의 입가에서 핏덩어리가 토해졌다.

"어디냐! 어디서 날아오는 것이냐!"

바스티안은 피를 토하며 고개를 들었다.

암흑이었다.

암흑 곳곳에서 아틸라의 공격이 무차별적으로 쏟아졌다.

"나는 어둠이다. 나는 곳곳에 있다. 너의 정면에 있음과 동시에 뒤에도 있고, 위에도 있고, 아래에도 있다. 이곳을 벗어나지 못해."

아틸라의 목소리가 천둥처럼 울렸다. 바스티안은 목소리가 들려온 방향으로 검을 쭉 뻗었다.

슈웅!

걸리는 것은 아무것도 없다. 동시에 바스티안의 가슴팍으로 육중한 충격이 덮쳤다.

꽝!

"커헉……!"

바스티안의 붉은 피가 그림처럼 허공을 수놓는다.

바스티안의 두 눈동자가 충격으로 흔들렸다.

가슴이 쩍 벌어졌다. 아틸라의 도끼질 한 방에 도검이 통하지 않던 그의 육신이 십 년 만에 큰 상처를 입었다.

"궁금했지. 고무와 같은 반탄력을 가지고 있는 육체는 절대 끊어지지 않을까? 뚫리지 않는 걸까?"

"크허억……."

가슴에선 쉴 새 없이 피가 줄줄 흘러나왔다. 갈비뼈가 모조리 부서져 폐부를 찔렀다. 호흡이 가빴다. 쇼크 상태에 바스티안은 몸조차 가누지 못했다.

"쇠사슬에 몸 곳곳이 뚫려 이곳에 걸려 있었지. 그 말은 넌 불사신이 아니란 소리야."

아틸라의 목소리는 고저가 없었다.

마치 남의 얘기를 하는 듯이 아무런 감정도 없었다.

그것이 바스티안에게 공포를 가져다주었다.

꽈앙!

"크헉!"

이번엔 아틸라의 일격이 바스티안의 손목을 잘랐다. 오른손이 떨어져 나가자 피가 온천수처럼 터졌다. 바스티안은 이 상황이 믿기지가 않았다.

"누군가 너를 제압했어. 그 반탄력의 육체 곳곳에 심각한 상처를 입히면서까지. 어떤 놈도 그렇게 했는데, 이 아틸라가, 내가 못 할 일이 뭐가 있겠어?"

"크흐윽……."

"그동안 내가 착각했던 것이 있었어. 절대의 파괴력이

면 세상 모든 것을 일격에 없앨 수 있다 생각했지. 실제로 그랬고. 하지만 너를 만나니 그 생각이 무참히 깨지더군."

꽈앙!

이번엔 일격이 바스티안의 등에 작렬했다.

등이 움푹 파여 들어갔다. 등뼈가 모조리 산산조각이 났다. 그렇지만 갈라지지는 않았다. 다시 육체의 반탄력이 아틸라의 공격을 밀어냈던 것이다.

"나무꾼이 커다란 거목을 도끼질 몇 방에 쓰러뜨리는 원리가 뭔지 아나?"

아틸라는 바스티안이 듣든 안 듣든 말을 계속 이었다.

"바로 결이다."

쩌억!

"끄아아악!"

바스티안이 처절한 비명을 토했다. 다시 등에 작렬한 아틸라의 배틀액스!

바스티안의 등가죽이 쩍 벌어지고 피가 솟구쳤다.

"나무꾼들은 결을 쪼갠다. 무지막지한 힘이 실리지 않더라도 그 커다란 거목을 쓰러뜨린다. 난 지금껏 일격의 파괴력에만 집중해 왔지. 실제로 파괴력 하나만으로도 모든 것을 쪼갤 수 있었으니까. 그런데 너는 아니더군. 별안간 생각했다. 옛날 내 수하 중에 사람의 몸에도 나무처럼 결이 있었다고 하던 놈이 있었지."

아틸라는 자신의 심복을 떠올리며 아련한 표정을 지었
다.

"그놈 말을 떠올리니 나도 보이더군. 암동으로 나 스스
로 어둠이 되니, 보이더군. 육신의 결을 말이야."

아틸라는 흥미롭게 웃었다. 그러더니 배틀액스를 들어
올려 바스티안의 머리를 쪼갰다.

꽈앙!

"커헉!"

바스티안의 머릿속이 미친 듯이 울렸다. 뇌세포가 일제
히 죽으면서 머리가 새하얗게 타들어 갔다. 엄청난 충격
이 뇌를 뒤흔들었다.

꽝꽝꽝!

"이렇게 아무리 때려도 죽지 않지. 하지만 결에 살짝
놓기만 해도……."

쩌어억.

배틀액스의 무게에 바스티안의 머리가 조금씩 갈라져
가고 있었다. 바스티안의 얼굴에 공포가 서렸다. 들린다.
자신의 머리가 갈라지는 소리가.

그 충격적인 공포를 어찌 말로 다 설명하겠는가!

"바스티안이여, 제국을 공포로 떨게 했던 살인마여."

"크흐으윽."

바스티안의 몸뚱이가 벌레처럼 꿈틀거렸다.

제왕 아틸라의 공포가 강림했다.

"나를 따르겠는가, 죽겠는가."

8.
흑마법사 색출

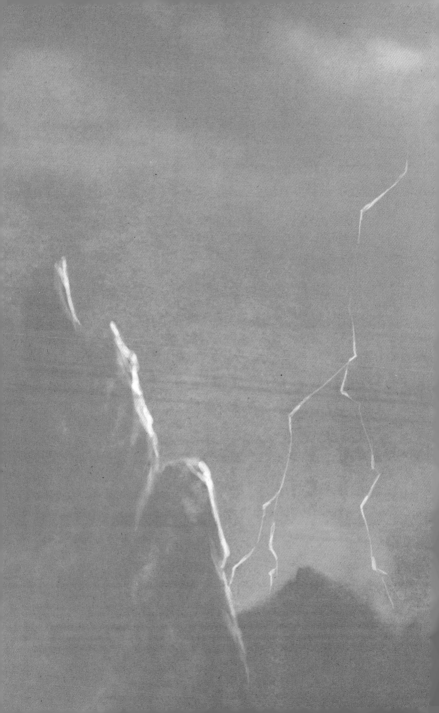

던커스는 이중생활을 한다.

아틸라가 하늘 감옥으로 떠난 이후, 그가 이공자가 되어 가주 대행직을 이행하고 있었다. 동시에 그는 백작가 마법사들의 수장 생활을 이어 나갔다.

"늦는군."

"예상과는 달리 아직까지 돌아오지 않고 있습니다."

던커스의 옆에서 로그리스는 걱정인 담긴 목소리로 말했다. 아틸라의 모습을 하고 있는 던커스는 살짝 미간을 찌푸리며 고개를 갸웃했다.

하늘 감옥까지의 거리는 부지런히 걷는다면 고작 한나절.

한데, 아틸라는 일주일이 넘는 시간 동안 돌아오지 않고 있었다.

"기다리도록 하지. 주군은 강한 분이시다. 네크로를 일격에 죽일 만큼."

"……."

그 말에 로그리스는 가만히 입을 다물었다.

자신이 걱정한다고 한들 별 소용없다. 자신의 능력으로는 하늘 감옥 근처에 얼씬도 하지 못한다. 그저 아틸라의 강함을 믿고 기다릴 수밖엔 없었다.

'젠장…….'

가만 생각해 보니 분하다.

수하 된 자로서 무언가 주군을 위해 일을 하고 싶다.

하나 실력이 부족하다. 던커스처럼 흑마법에 능해서 아틸라의 명을 철저히 수행할 수라도 있다면 얼마나 좋을까.

자신을 포함한 기사들은 그저 수련에만 매진할 수밖에 없었다.

로그리스는 자리에서 일어섰다.

"그럼 계속 수고하십시오. 전 수련하러 가겠습니다."

"알겠다."

던커스는 고개를 끄덕였다. 로그리스는 조금은 조급한 기색으로 방을 나갔다. 아틸라의 방에 혼자 남겨진 던커스는 가만히 생각에 잠겼다.

로그리스에겐 걱정하지 말라 하였지만, 그 역시도 걱정할 수밖에 없었다.

하늘 감옥!

하늘 위에 있는, 최악의 범죄자들만 가둔다는 그곳!

아무리 아틸라라고 하더라도……

그곳엔 괴물들만 득실댄다.

던커스는 입술을 깨물었다. 며칠 내로 돌아오지 않는다면 자신이 직접 갈 생각이었다. 이래봬도 던커스는 6서클의 흑마법사였다.

마계의 마나를 사용하는 흑마법사는 일반 마법사보다 그 전투 능력이 훨씬 뛰어나다. 6서클이지만 그는 7서클의 일반 마법사와 자웅을 겨뤄 볼만했다.

또한 자신의 휘하에는 열 명의 마법사가 있다.

그들도 흑마법사이다. 자신의 제자들이었으니까.

"던커스! 큰일 났습니다!"

쾅!

밖에 나갔던 로그리스가 황급한 표정으로 방에 들어왔다. 던커스는 그를 보며 노한 표정을 지었다.

"로그리스! 나는 지금 던커스가 아니다!"

"지금 그것이 문제가 아닙니다."

"무슨 일인데 그러는 것인가?"

로그리스는 호흡을 한 번 가다듬더니 침착하게 말했다.

"데이비드가(家) 사람들이 왔소."

던커스가 이해할 수 없다는 듯이 반응했다.

"그게 무슨 소리인가? 데이비드 가문 사람들이 왜 이곳을 방문해?"

"모르겠습니다. 데이비드 가문의 역공의 기사단과 홀렌 마법사가 지금 저희 백작가를 방문했습니다."

데이비드 자작가!

바츨라브 백작가가 남부를 지배한다면, 데이비드 자작가가 남부를 지킨다는 말이 있다.

사막과의 국경에 위치한 데이비드 자작가는 잦은 전쟁 때문에 군사력이 비약적으로 강한 곳이었다.

데이비드 자작가의 역공의 기사단!

그리고 마법사 홀렌!

던커스는 홀렌의 정확한 정체를 알고 있었다. 그가 여기 왔음이 무엇을 의미하겠는가! 홀렌은 그저 평범한 일반 마법사가 아니었다.

던커스의 얼굴이 눈에 띄게 굳어졌다.

"연락도 없이 갑자기 웬 말이란 말인가."

"지금 룩스 외무관이 접견하고 있다고 합니다."

"⋯⋯!"

던커스의 얼굴이 순간적으로 변했다.

룩스!

그는 외무관!

그리고 백작가를 무너뜨리던 역도들 중에 하나!

던커스의 이빨이 갈렸다.

"룩스…… 무슨 계략을 꾸미는 것이더냐."

"이거야, 원. 바쁘긴 바쁘군."

마법사 헬써는 힘겨운 목소리로 중얼거렸다.

이마에 흘리는 땀을 훔치는 그는 힘들지만 즐거워 보였다.

"이로써 이론은 성립됐는데……. 흠, 이건 더 연구해 봐야겠군."

헬써는 바로 던커스의 수제자였다. 이십 대란 어린 나이에도 불구하고 괄목할 만한 성장을 보여 줬기에 던커스가 친히 제자로 받아들였다.

또한 그 역시 흑마법사였다.

헬써는 애초에 평민 출신이다.

평민 출신인 자신이 마법을 배운다는 사실만 해도 정말 놀랍고 행운인 일이다. 흑마법, 백마법을 가릴 처지가 되지 않았다.

실제로 헬써는 흑마법에 타고난 재능이 있었다.

흑마법사는 마계의 마족들과 계약하여 그들의 마나를 제공빈는다.

보통 흑마법사의 기량과 재능으로 계약되는 마족의 등급이 결정된다.

던커스는 최상급의 마족과 계약!

그리고 그의 제자들은 대부분 하급에서 중급 마족들과 계약했다. 하지만 헬써는 달랐다. 그 역시도 스승 던커스와 같이 최상급의 마족과 계약했던 것이다.

던커스는 그의 재능을 가상하게 여겨 어여뻐했다.

하여 그를 다른 제자들을 제쳐 두고 수제자로 삼았다.

그렇다면 다른 제자들로부터 불만이 터져 나오기 마련이다.

하지만 이곳의 마법사들은 그렇지 않았다.

그들은 모두 흑마법사였다.

더 뛰어난 재능을 가지고 있으면 인정받는 걸 당연시했다. 흑마법사들의 사회는 철저한 실력주의사회였다. 덕택에 헬써는 스승과 사형들의 인정을 받으며 무사히 마법사의 삶을 살아가게 되었다.

헬써는 현재 스승이 하던 흑마법 연구를 진행 중이었다.

근래 던커스가 매우 바빠진 터, 연구를 헬써에게 맡겼기 때문이다.

그것은 매우 고무적인 일이다.

마법사에게 있어서 연구는 필수불가결의 행동이다. 더

욱이 스승이 자신에게 맡긴다는 것은 그만큼 믿고 신뢰한다는 의미가 아닌가?

헬써는 기쁜 마음으로 연구를 진행했다.

"어디 보자. 오우거 가죽의 부식이 얼마 정도 됐나……."

그때였다.

"여기 있었군."

냉막한 표정의 사내가 연구실 안으로 들어왔다.

연구를 하던 헬써는 곧바로 표정을 굳히며 적대했다.

여기는 던커스의 연구실.

던커스와 헬써의 사형들이 아니라면 이곳에 들어올 수 없다.

이곳은 내성 깊숙한 곳에 위치한 장소였으니까.

헬써의 얼굴에 적대심이 가득했다.

"누구냐!"

"나? 저승사자."

"이놈, 누굴 우롱하는 것이냐!"

헬써는 곧바로 지팡이를 들었다. 동시에 지팡이의 수정구 부분에서 강력한 회오리가 소용돌이쳤다.

"윈드 커터!"

바람의 칼날이 회전하면서 쏘아졌다.

"홋, 고작 이런 풍계마법으로는……. 디스펠(Dispell)."

샤아악!

"그, 그런!"

사내가 손을 한 번 휘젓자 맹렬하게 쏘아지던 바람의 칼날은 감쪽같이 사라졌다. 헬써의 두 눈에 놀람이 가득했다.

디스펠마법!

상대의 마법을 강제로 취소시키는 마법!

자신보다 더 높은 클래스의 마법사가 아니라면 사용할 수 없었다.

그 말은 곧 사내가 헬써보다 높은 클래스의 마법사라는 사실!

이제 5서클에 도달한 헬써.

그렇다면 적어도 사내는 6서클이 된다는 말이었다.

1서클부터 3서클까지의 차이는 미미하다.

그러나 그 이후로는 한 단계의 차이가 하늘과 땅 차이라고 할 정도로 극명하게 갈린다.

헬써는 입술을 깨물었다.

"파이어 밤빙(Fire Bombing)!"

불덩어리가 폭격기처럼 쏘아졌다. 강력한 열기와 동시에 파괴력이 연구실을 화마로 뒤덮였다. 헬써는 멈추지 않았다.

"인텐스 볼케이노(Intense Volcano)!"

쿠아앙!

헬써의 수정구에서 화산이 폭발하듯 화염이 폭발했다. 적은 자신이 상대할 수 없는 실력자! 이렇게 된 이상 연구실을 불태워서라도 밖에 알려야 했다.

던커스가 와야만 했다. 연구실의 중요한 자료들이 문제가 아니다. 모든 걸 불태워서라도 알려야만 했다.

"후후후. 격렬하군."

사내는 화마 속에서 멀쩡한 모습으로 걸어 나왔다.

헬써가 할 수 있던 강력한 공격마법이었으나 사내에겐 그을림 하나 없었다. 서클 하나의 차이가 이 정도였던가!

"헬써. 던커스의 수제자. 그리고…… 아직 능력을 다 보이지는 않는군."

"도대체 너는 누구냐!"

"말했잖아. 저승사자라고."

"이노오옴……!"

"모든 능력을 다 발휘해서 막아야 될 거야. 아니면 죽어."

냉막한 사내의 얼굴에 비웃음이 걸렸다.

사내는 곧이어 손을 휘둘렀다.

쿠아앙!

파공성이 들렸다.

그리고 거다란 불덩어리가 소나기처럼 쏟아졌다.

"실드!"

헬써가 다급하게 방어막을 펼쳤다. 그러나 무차별적으로 쏟아지는 불덩어리는 도저히 막을 수 없을 정도로 강력했다.

방어막이 깨지고, 다시 생성해도 깨진다.

헬써의 온몸이 화상을 입은 것처럼 쭈글쭈글해졌다.

"빌어먹을……!"

"이것 봐. 어서 모든 능력을 보여. 아니면 죽는다니까?"

"네놈은 대체……."

사내는 알고 있었다.

자신이 흑마법사라는 사실을. 그리고 흑마법을 쓰도록 유도하고 있었다. 헬써의 머릿속이 재빠르게 돌아갔다.

적은 일부러 자신의 정체를 탄로시키고자 했다. 순순히 따라 줄 수는 없으나 이대로라면 반드시 죽을 터!

던커스가 오기를 바라지만 과연 자신이 죽기 전에 올 수 있을지도 의문이다.

그렇다면 자신이 어떻게든 시간을 끌든가 끝장을 봐야 했다. 헬써는 유능했다. 덕분에 상황을 파악하고 재빨리 최선의 결과를 도출해 낼 수 있었다.

그는 자신이 흑마법사임을 완전히 드러내기로 결심했다.

"그래, 보여 주마. 어둠의 마나가 깨어나면 어떤 힘을 발휘하는지……!"

콰콰콰!

헬써의 주위로 검은 아지랑이가 피어올랐다.

"블랙 캐논(Black Canon)."

강력한 흑마법이 펼쳐졌다.

그러는 와중에도 사내의 얼굴은 변하지 않았다.

아니, 오히려 그의 얼굴엔 미소가 걸렸다.

"역시 그 사람 말이 맞았어. 백작가의 마법사들은 모두 흑마법사라더니."

파공성을 내며 직선으로 쏘아지던 흑마법!

사내에게 도달하는 순간, 거짓말 같은 일이 벌어졌다.

하얀 벽이 만들어지더니 마치 흡수되는 양 헬써의 흑마법이 그대로 빨려 들려가지 않는가?

"홀리 라이트닝."

콰지지직!

그리고 성스러운 빛을 뿜어내는 뇌전이 헬써에게 작렬했다. 헬써는 다급히 방어마법을 펼쳤지만 사내의 마법에 무참하게 깨졌다.

뇌전이 그대로 헬써의 몸을 뒤흔들었다.

"크악!"

바닥에 쓰러진 헬써가 벌레처럼 몸을 꿈틀거렸다.

온몸에서 피어오르던 검은 아지랑이는 사라졌다. 하지

만 몸속에 남아 있던 마나는 한 줌도 남기지 않고 모두 뇌전에 타서 사라졌다.

헬써의 얼굴이 창백해졌다.

"이…… 이건, 신성마법?"

흑마법과 상극!

신성마법만이 이럴 수 있다. 헬써는 고개를 들어 보았다. 사내가 냉막하게 말했다.

"소개하지. 데이비드 자작가의 신성마법사 홀렌이다."

⚜

"예상보다 늦었군."

백작가로 터벅터벅 걸어오는 인영.

탐스럽게 자란 금발은 봉두난발되어 있었고, 입고 있던 옷은 거지꼴이었다.

그러나 눈빛만큼은 거지의 그것이 아니었다.

세상을 내려다보는 오만함이 담겨 있었다.

아틸라!

그가 드디어 백작가에 귀환했다.

"역시 너도 몸이 정상이 아니었구나."

"홋."

아틸라의 뒤를 따라오는 노인이 있었다.

왜소한 체격이었지만 그에게는 감히 범접할 수 없는 기운이 차고 넘쳤다.

바스티안이었다. 바스티안은 끝내 아틸라에게 굴복했다. 아틸라의 공포는 천하의 바스티안을 굴복케 하는 힘이 있었다.

그러나 한낱 노예가 되지는 않았다.

그도 자존심이 있었다. 비록 아틸라에겐 패했지만 제국을 떨게 했던 살인마 바스티안이 아닌가.

다행히 아틸라도 그런 부분에 대해선 관대했다.

강자는 인정해 줘야 했다.

바스티안은 아틸라가 인정한 몇 안 되는 강자였다.

"나라고 무적인 줄 아나."

"낄낄낄낄. 그 괴상한 흑마법을 보면 무적과 다름없던데?"

"흑마법은 내 비장의 수다. 넌 그걸 꺼내 들게 만들 정도로 강했다. 충분히 자부심을 가져라."

"오만하군."

바스티안은 아틸라의 칭찬에 기분이 나쁘진 않은 듯 머쓱한 표정을 지었다.

사실 아틸라는 더 일찍 백작가에 도착할 수 있었다.

그러지 못한 이유는 바스티안을 굴복시키고 나서 심력 소모가 너무 컸기 때문이다. 무엇보다 아틸라는 바스티안뿐만 아니라 두 명을 더 데리고 나왔다. 그렇다 보니 자신의 현재 능력을 초월한 힘을 썼다.

근육이 모조리 찢어지고 뇌신경이 끊기고 몸조차 가눌 수 없는 빈사 상태에 이르렀다.

그러나 아틸라에겐 흑마법이 있었다.

바로 흡혈의 술!

사람들이 보양을 한다고 왜 짐승의 피를 먹는가?

짐승의 피에는 강렬한 생명력이 담겨 있기 때문이다. 하지만 그냥 피를 마신다면 효과는 미비하다. 피에 담긴 생명력을 아주 일부만 흡수할 수 있기 때문이다.

그러나 아틸라의 흡혈의 술은 달랐다.

피에 담겨 있는 생명력을 모조리 흡수할 수 있었다.

하늘 감옥 근처에 있던 짐승들의 씨가 말랐다.

아틸라가 회복을 위해 모조리 잡아들였기 때문이다.

'바스티안의 싸움으로 인해 한 단계 진보했다.'

아틸라는 만족스런 미소를 지었다.

우선 뇌전에 있었다.

몸에 담겨 있던 뇌전의 삼십 퍼센트 가까이 끌어 올릴 수 있게 되었다. 이것 역시 체력을 기르는 것처럼 싸우면서 한계가 부서지다 보니 그 그릇이 더욱 넓어졌기 때문이다.

그리고 가장 중요한 점은 바로 결을 쪼갤 수 있다는 사실!

지금껏 아틸라는 일격의 파괴력에만 의존했다.

그의 파괴력을 막을 수 있는 존재는 없었다.

로마 영웅 에이시우스도 별수 없었다.

하지만 여기서 자신의 파괴력을 막아 내는 존재를 만났다. 그리고 앞으로 일격을 막아 낼 수 있는 자가 얼마나 더 있을지 모른다. 바스티안을 하늘 감옥에 가둔 인물만 생각해도 그렇지 않은가.

하나 극강의 파괴력이 실린 일격을 겹에다 작렬시킨다면 말이 달라진다.

세상의 그 어떤 것이 아틸라의 일격을 막겠는가!

이로써 아틸라는 실력이 진보됨을 느낄 수 있었다.

이 부분만큼은 과거 아틸라가 가진 능력보다 훨씬 뛰어난 부분이었다.

이번 하늘 감옥의 여정은 상당히 이득이 많았다.

"잠깐."

백작가로 부지런히 걷던 아틸라가 걸음을 멈췄다.

분위기가 이상했다.

영주성 외곽은 농노들이 많아서 조금은 암울한 분위기였다. 그나마 풍족한 백작가의 사정 때문에 다른 곳에 비해서 이곳만큼 살 만한 곳이 없다.

영주성 인근, 저택 근처는 늘 삶의 활력이 넘쳤다.

한데……

이상했다.

상인들은 가게를 닫고 나오지 않고 있었다. 거리에는 돌아다니는 사람이 없었다. 치안대만이 부지런히 순찰하고 있었다.

을씨년스런 분위기였다.

"허. 내가 없는 십 년 동안 바츨라브 백작가가 망했나?"

"망했지. 하지만…… 이 정도는 아니었다."

망한 것은 바츨라브 가문이다. 영지 전체가 이리되지는 않았다.

아틸라는 본능적으로 느꼈다.

자신이 없는 사이 변고가 생겼다.

"내가 너무 안일했군."

아틸라는 표정을 굳혔다. 의아한 표정의 바스티안이 뭐라 묻기도 전에 아틸라는 벌써 백작가로 들어가고 있었다.

"빌어먹을……!"

쾅!

던커스는 책상을 강하게 쳤다.

상황이 이리 악화일로에 빠질 줄은 몰랐다.

갑작스런 데이비드 자작 가문의 방문.

그리고 이어진 흑마법사 색출 작업!

색출 작업에 앞장선 홀렌을 떠올린 던커스의 이빨이 갈렸다.

"홀렌……!"

홀렌은 신성마법사였다.

본래 신성마법사라는 존재는 없었다. 한데 몇 십 년 전부터 신관들이 신성력을 이용해 마법을 흉내 내어 마물들을 처치하는 일이 빈번하게 발생했다.

본래 신관은 기도와 헌신, 믿음으로 신성력을 얻는다.

그리고 그 신성력으로 환자들을 치유하거나 종교를 전도한다. 그런데 그 신성력으로 마물을 퇴치하는 신관들이 생겼다. 갈수록 그들의 능력은 발전되고 개선되었다.

이후로 그들을 신성마법사라고 불렀다.

마나가 아닌 신성력이 중심이 된 마법사!

시간이 흐름에 따라 신성마법사는 어엿한 하나의 계층으로 자리 잡아 가고 있었다.

신관도, 마법사도 아닌 중간의 그들은 사막의 야만족들과의 전쟁에서 큰 힘을 발휘했다.

사막의 잔혹하고 엽기적인 주술!

신력을 제외한 초자연적인 것들을 부정하는 신성력과는 상극이다.

자연 신성마법사들의 능력이 두드러질 수밖에 없었다.

홀렌은 그런 점에서 데이비드 자작가에 상주하고 있는

마법사였다. 데이비드 자작가가 위치한 국경에선 사막의 부족들과 크고 작은 싸움이 끊임없이 이어지고 있었다.

그런 홀렌이 갑작스레 백작가를 방문했다.

그리고는 흑마법사 색출을 천명했다.

던커스를 포함한 열한 명의 마법사가 모조리 수사 대상이었다.

보통은 타 가문이 백작가의 행사에 간섭할 수 없다.

그러나 이번 일은 전혀 별개의 일이었다.

흑마법사는 대륙 전체의 공적!

만약 흑마법사의 흔적이 발견된다면 권력, 힘, 재력은 모두 휴지 조각이 된다. 너무나 당연한 일이다. 바츨라브 백작가의 명성은 지금 아무런 가치가 없었다.

오히려 백작가에 누가 될지도 모른다.

백작가의 마법사들이 알고 보니 흑마법사들이더라!

세상의 호사가들이 이 이야기를 떠벌릴 것이고, 백작가는 비난을 면치 못하리라.

아틸라가 자리를 비운 사이 이런 일이 터져 던커스는 곤혹스럽기 그지없었다.

무엇보다 던커스 역시 조사를 받고 있다.

자연히 이공자의 모습으로 나타날 수 없었다.

최고 권력자가 모습을 드러내지 않으니 수사를 어찌할 방도가 없다.

"내일까지 방도를 찾아야 해."

내일 백작가의 모든 사람들이 모인다.

데이비드 자작가의 사람들도 모인다. 뿐만 아니라 타영지에서 온 공증인들 역시 모인다. 그 자리에서 모든 전말이 밝혀지리라.

홀렌은 모든 이가 모인 곳에서 진실을 밝힐 예정이었다.

던커스는 알면서도 어찌할 방도가 없었다.

그것이 당연한 절차고, 법도였으니까.

그리고…….

날이 밝았다.

9.
너에게 맡기겠다

"백작가의 마법사들이 흑마법사라니, 난 아직도 믿기지가 않습니다. 홀렌."

"타쿠스 경, 그건 사실입니다. 던커스의 수제자가 흑마법사임을 제가 직접 눈으로 확인했으니 더 이상의 의심은 필요가 없을 겁니다."

홀렌은 무덤덤한 목소리로 타쿠스의 말을 받았다.

타쿠스.

역공의 기사단의 기사단장.

평소 기사도를 부르짖으며 '만인의 기사'라는 칭호를 받을 정도로 인품이나 능력 면에서 모두 뛰어난 기사였다.

홀렌은 일부러 이곳에 타쿠스를 데려왔다.

데이비드 자작가에는 뛰어난 기사들이 많았지만, 그중에서도 타쿠스를 데려온 이유는 분명했다.

타쿠스는 본래 공명정대하고 인격적으로 아주 훌륭한 인물로 평가받고 있다. 타쿠스가 백작가의 마법사들이 흑마법사임을 두 눈으로 보고 인정하고, 그리고 분개한다면……!

모든 일은 일사천리다.

'정말 그 사람의 말이 맞았어. 바츨라브 백작가의 마법사들이 흑마법사라니.'

이건 충격적인 사실이다.

남부를 지배하는 철옹성의 가문.

그곳의 마법사들이 흑마법사들이다!

지금껏 조사한 바에 의하면 흑마법사임이 틀림이 없다.

심지어 헬써가 흑마법을 써 대는 꼴을 직접 보지 않았던가.

'이젠 데이비드 자작가에서 머무르지 않아도 되겠군.'

홀렌의 입가에 음흉한 미소가 걸렸다.

흑마법사를 색출하여 제거하는 일은 엄청난 공적이다.

비단 제국뿐만 아니라 대륙 전체가 엄지를 치켜세워 줄 만한 공이다.

이로써 홀렌은 데이비드 자작가를 떠나 중앙 정계로 갈 수도 있다.

배경이 없어 6서클이라는 뛰어난 실력에도 불구, 황실 마법단에 들지 못함을 한탄스럽게 여긴 지 수십 년이다.

드디어 황실로 갈 수 있다.

마법사들 최대의 명예라 할 수 있는 황실마법단으로!

홀렌은 흥분되는 가슴을 부여잡고 연무장 중앙으로 걸어 나갔다.

수많은 사람들을 동시에 수용할 수 있는 규모의 장소가 이곳밖에 없었다.

"이곳에 모이신 귀빈들께 감사드립니다."

홀렌은 정중하게 허리를 숙였다.

이곳에는 수많은 사람들이 있었다. 일단 바츨라브 백작가의 사람들이 모두 모였다. 또한 데이비드 자작 가문의 역공의 기사단의 핵심인물들이 앉아 있었다.

뿐만 아니라 타 가문에서 온 공중인들도 한없이 많았다.

흑마법사가 이들에게 어떤 존재인지를 보여 주는 장면이었다.

"저는 믿기 힘든 사실을 접했습니다. 대 바츨라브 백작가의 마법사가 흑마법사라는 사실을 말이죠."

쿵!

"어찌 증명할 것이오, 홀렌!"

로그리스가 책상을 치며 일어섰다.

모두의 시선이 그곳에 향했다.

"증명은 이제부터 시작할 겁니다. 로그리스 경."

홀렌은 당황하지 않고 받아쳤다. 그렇다. 지금 이 자리가 흑마법사들을 색출하고 증명하는 자리가 아니던가.

로그리스는 분개했다.

사실 그도 알고 있었다.

던커스와 마법사들이 흑마법사라는 사실을.

하지만 한배를 탄 입장이었다. 한 주군을 섬기는 동료였다. 힘이 없어, 능력이 부족해 백작가가 물어 뜯김에도 불구하고 가만히 있을 수밖에 없었던 로그리스에게는 강함에 대한 열망이 컸다.

흑마법은 파괴의 상징!

그것으로 가문을 지킬 수만 있다면 무엇을 가리겠는가!

"용의자들은 모두 중앙으로 나와 주십시오."

던커스를 제외한 열 명의 마법사가 머뭇거리며 걸어 나왔다.

그들은 낙담한 표정이었다. 던커스는 죽을 길을 향해 걸어 나가는 제자들을 보며 질끈 두 눈을 감았다.

어찌해야 하는가!

던커스는 이번 수사에서 제외되었다. 조사한 결과 던커스가 흑마법사로 의심되는 낌새는 전혀 나오지도 않았다. 무엇보다 던커스의 위치는 공고했다. 바츨라브 백작가의 최강의 마법사!

동시에 그는 황실 아카데미 수석 졸업의 명예를 갖고 있었다. 그를 의심할 여지는 부족했다. 하나 던커스의 제자들은 달랐다. 조사하면 할수록 그들이 흑마법을 익혔다는 증거가 튀어나왔다.

현재 드러난 정황을 보건대, 열 명의 마법사들이 흑마법사임은 분명했다.

"신성마법사들은 모두 앞으로 나와 주십시오."

백색의 로브를 입은 신성마법사 열 명이 천천히 걸어 나왔다.

그들의 뒤로 후광이 비치는 듯했다.

신성마법사들의 신성력의 증표였다.

그들은 홀렌을 따르는 신성마법사였다. 흑마법사 색출에 그들만큼의 적임자가 없다.

신성마법사가 걸어 나오자 헬써를 포함한 마법사들의 얼굴이 창백해졌다. 던커스도 마찬가지였다. 신성마법사들이 일제히 신성력으로 그들을 공격한다면 몸속에 도사리고 있는 검은 마나가 몸부림친다. 그렇다면 이곳에 있는 모든 사람들이 볼 수 있게 된다. 흑마법사라는 사실을 두 눈으로 똑똑히 말이다.

"모두들 준비하시오."

홀렌의 무뚝뚝한 음성은 마치 사형선고를 내리는 사

자(使者)의 목소리 같았다.

'참아라. 모두 참아!'

던커스의 메시지마법이 그들에게 전해졌다.

할 수 있는 방법이라곤 참을 수밖에 없다.

신성력이 몸을 모조리 갉아먹더라도 참아야 했다. 몸속에 꿈틀거리는 검은 마나를 억누르고 참아야 했다. 그 방법밖에 없었다.

하나 지독한 고통이 따른다.

신성력이 몸에 작렬하는 순간 생살을 뜨거운 불로 태우는 극악의 고통이 따른다.

던커스는 울분을 참았다.

"시작하시오."

우우우우웅!

신성마법사들 주위로 기파가 퍼져나갔다.

하얀 섬광이 순간적으로 폭사되며 헬써를 비롯한 마법사들에게 덮쳐들었다. 순간 그들의 얼굴이 창백해져 갔다.

하지만 그뿐이었다.

섬광이 그들을 조르는 듯이 감싸도 꿈쩍하지 않았다.

던커스는 손에 땀을 쥐며 지켜보았다.

저들은 전신을 낭자하는 극통을 참고 있다.

내색하지는 않더라도 극통과 힘겨운 싸움을 하고 있으리라.

"크으윽……."

그때였다.

누군가 버티지 못하고 신음성을 내뱉었다.

동시에 강렬한 마나의 파동이 요동쳤다. 던커스의 얼굴
이 눈에 띄게 굳어졌다.

홀렌은 여전히 냉막한 표정이었다.

"신성력을 더 일으켜라!"

홀렌의 외침이 천둥처럼 울렸다.

"끄……끄어억."

한 마법사가 고통에 겨운 신음을 토했다.

던커스의 주먹이 꽉 쥐어졌다. 한계다. 더 이상은 버티
지 못한다. 던커스의 지팡이에 강력한 마나가 응집되기
시작했다.

던커스의 시선이 홀렌에게서 떨어지지 않았다.

그의 눈가가 살기로 가득 찼다.

'일거에 모두 다!'

그때였다.

멈추어라, 던커스.

머릿속에 아틸라의 목소리가 파고들었다. 순간 마나를
응집하던 던커스는 정신을 차렸다.

저벅저벅.

연무장에 발걸음 소리가 조용히 울렸다. 발걸음 소리가
들리자 연무장은 갑작스레 숨 막힐 듯한 침묵이 흘렀다.

연무장 안으로 누군가 들어서고 있었다.

봉두난발처럼 헤쳐진 금발.

그 아래 매섭게 빛나는 흉흉한 눈빛.

그리고 그 뒤를 따르는 칠 척의 노인.

두 사람의 등장은 갑작스레 분위기를 바꾸었다. 흑마법
사 색출에 달아오르던 분위기가 순식간에 차갑게 식어 버
리는 듯했다.

아틸라!

아틸라에게서 뿜어지는 박력이 분위기를 짓눌렀다.

저벅저벅.

아틸라는 연무장 중앙을 지났다. 그의 눈에 신성마법사
들과 흑마법사들이 담겼다. 그리고 상석에서 손을 부들부
들 떨고 있는 던커스가 들어왔다.

아틸라는 말없이 상석에 앉았다.

"주군……."

던커스와 로그리스는 죽다 살아난 사람과 같은 표정을
지으며 바라보았다. 그들이 아는 자신의 주군은 못 하는
일이 없다. 아마 이 일을 어떻게든 극복해 낼 수 있으리
라, 그런 믿음에 절로 마음이 놓인 것이다.

하지만 아틸라는 그런 그들의 생각을 철저하게 짓밟았다.

"계속하시오."

"주…… 주군!"

"내 영지에, 나의 가문에 흑마법사가 있다는 것은 용납할 수 없소. 어서 색출 작업을 계속하시오."

"주군!"

그토록 무심할 수 있을까!

처절하게 부르짖는 던커스를 쳐다보지도 않았다.

전혀 아무런 감흥 없는 얼굴로 마법사들을 바라볼 뿐이었다.

당황한 건 로그리스도 마찬가지였다.

또한 룩스도 당황했다.

'무슨 속셈인가, 이공자?'

처음 데이비드 자작 가문이 방문했을 때만 해도 경황이 없었다. 평소 외무 일을 맡아 하면서 종종 얼굴을 마주한 적은 있었지만 홀렌을 직접 본 일은 처음이었다.

홀렌은 백작가에 흑마법사들이 있다고 했다.

룩스는 그런 사실을 믿기 어려웠으나 그건 기회였다. 비록 몸을 움츠리고 있었지만 그 역시 백작가의 패권을 다투던 늙은 뱀!

그의 머리가 부산하게 돌아갔다.

이공자의 편에 든 마법사들이 흑마법사임이 밝혀진다면?

그건 엄청난 타격이다.

단 한 방에 이공자를 무너뜨릴 수 있는 비수가 될 터였다.

그래서 룩스는 홀렌을 지지했다. 홀렌이 백작가에서 활개 칠 수 있었던 것은 바로 그의 작품이었다.

다른 가문의 수많은 공증인들을 부른 사람 또한 자신이었다.

모든 이가 보는 앞에서 이공자가 무너진다!

그것을 떠올리자 룩스는 희열을 느꼈다.

그런데 뭔가 일이 이상하게 흘러가고 있었다.

본래라면 이공자가 마법사들을 지켜야만 했다.

마법사들은 이공자의 전력 중에 팔 할을 차지한다. 로그리스를 필두로 한 기사단의 전력은 사실상 볼품없다. 정식기사의 수도 적을 뿐더러 대부분이 기사수련생이니까.

마법사들을 잃는다면 이공자의 힘은 한없이 약해진다. 그래서 어떻게든 마법사를 지키리라 예상했건만⋯⋯.

"커, 크아아악!"

우우우우!

그때, 한 마법사가 괴성을 질렀다. 동시에 마법사의 주

위로 검은 마나가 아지랑이처럼 솟구쳤다. 마치 벌레처럼
끈적끈적하게 움직였다. 그 모습에 연무장에 모인 사람들
의 두 눈이 찢어졌다.

흑마법!

대륙 전체가 치를 떠는 흑마법이 만천하에 드러났다.

"끄아아악! 이노오옴!"

고통에 신음하던 흑마법사가 두 눈을 치켜떴다. 동시에
그의 주위로 어둠의 마나가 강맹하게 소용돌이쳤다.

"막아⋯⋯!"

다급해진 홀렌이 소리쳤다.

하나 그의 말은 한발 늦었다. 흑마법사가 빠른 것이 아
니었다.

"커⋯⋯ 커어어억!"

붉은 피가 허공을 수놓았다.

가슴팍이 갈라지며 갈비뼈가 박살난 흑마법사는 원망에
가득 찬 눈빛으로 그대로 죽었다.

"주, 주구우운!"

던커스가 충혈된 눈으로 아틸라를 부르짖었다.

어느새 아틸라의 도끼가 흑마법사의 목숨을 앗아 갔던
것이다. 던커스는 충격에 빠진 표정으로 그를 바라보았다.
로그리스도 마찬가지였다.

'꼬리를 자르는구나⋯⋯!'

지켜보던 룩스는 입술을 깨물었다.

이공자를 위기에 처한 도마뱀처럼 꼬리를 자르고 있었다. 흑마법사를 지키는 선택이 아니라 스스로 내치는 것이다. 자신과 관련 없는 존재들이라고 말하고 있다!

룩스는 한 방 먹은 기분이었다.

자신의 전력의 팔 할을 이리 쉽게 내친단 말인가.

아틸라는 무심한 표정이었다.

던커스의 외침도, 로그리스의 충격에 찬 눈빛도 신경쓰지 않았다.

푸아악!

"커어억!"

또 다른 흑마법사가 버티지 못하고 어둠의 마나를 드러내자, 동시에 아틸라의 배틀액스가 허공을 갈랐다.

아틸라는 직접 흑마법사를 처단하고 있었다.

던커스는 가슴이 터질 것 같았다.

자신의 제자들이…… 자신의 주군에게 죽어 간다.

지켜 주지 못하고…….

이럴 바에야! 던커스의 두 눈에 독기에 번들거렸다.

던커스! 난 너의 주인이다!

아틸라의 목소리가 던커스를 향했다.

'주군! 어찌…… 어찌 내 제자들을 내친단 말입니까……!'

어쩔 수 없는 선택이다.
나는 백작가를 짊어 들고 가야 할 존재다.
대를 위한 소의 희생은 당연한 이치다.

'이것이 어찌 당연하단 말입니까.'

나를 이해하다오.

아틸라는 그 말을 끝으로 더 이상 던커스를 쳐다보지
도, 말하지도 않았다. 그는 무심한 표정으로 흑마법사를
하나, 하나 처단했다.
어느새 연무장에 핏물이 흥건하게 흘렀다.
지독한 피비린내가 코를 찔렀다.
열 명.
열 명의 흑마법사가 원망에 찬 눈길로 세상을 떠났다.
자신들의 주군이라 믿었던 아틸라에게 죽음을 맞이하
며.
흑마법사 색출 작업은 끝났다.
홀렌은 열 명의 흑마법사를 모두 다 색출해 내는 큰 공
적을 세웠다.

그러나 그 누구도 일어서서 박수를 치지 못했다.

억눌린 듯한 침묵.

그때 아틸라가 조용히 입을 열었다.

"대륙에서 흑마법사는 용서받을 수 없소. 주군 된 도리로서, 백작가의 주인으로서 나 스스로가 그들을 처단했소. 이자들은 천하의 역도요."

던커스는 주먹을 쥐었다.

도저히 아틸라의 말을 들을 수가 없었다.

"이번 일에 대한 책임은 전적으로 내가 지겠소. 흑마법사들의 시신은 갈기갈기 찢겨 짐승의 먹이가 될 것이고, 그들의 가족뿐만 아니라 일가친척을 모조리 잡아들여 참형에 처할 것이오."

"주군!"

로그리스가 아틸라를 부르짖었다.

원통하게 죽음을 맞이했는데, 그들의 가족마저 어찌하는가! 이건 아니다. 로그리스는 자신의 주군을 믿었다. 그래서 흑마법사를 처단할 때도 그저 참고 가만히 있었다.

하지만…… 이건 아니다.

아무리 생각해도 이것은 아니다.

"그리고! 흑마법사들을 양성해 낸 수석마법사 던커스의 작위를 박탈하고, 그의 재산을 압수할 것이며, 그의 마나를 봉인한 채 영지의 감옥에 수감하겠소."

쿵!

충격적인 발언이었다.

고스 파벌을 숙청으로 던커스는 아틸라의 심복임이 만천하에 알려진 상황이다. 그런데 스스로 내치고 있었다.

짝짝짝짝.

누군가 박수를 쳤다. 그러자 주위에선 박수갈채가 쏟아졌다.

"훌륭한 결단이오. 이공자."

타쿠스 기사단장이 자리에서 일어나 박수를 치며 말했다.

그의 말대로 훌륭한 결단이었다.

사사로움에 치우지지 않고 공과 사를 구별한 것이 아닌가.

그것이 로그리스와 던커스 등 아틸라를 따르는 이에게 충격일지 몰라도, 이것은 공명정대하고 과감한 결단이었다.

'이런……!'

룩스가 입술을 깨물었다.

모두가 아틸라의 결단에 엄지를 치켜세우고 있었다.

계획대로라면 모두가 아틸라를 지탄해야 마땅하다. 오히려 상황이 정반대가 되어 버린 것이다. 그러나 룩스는 이내 아쉬움을 털어 냈다.

마법사들은 모두 죽었다.

던커스도 내쳐졌다.

'해냈어. 이 정도면 절반의 성공이야.'

이로써 반절의 성과를 올릴 수 있었다.

그리고 이 모든 상황을 지켜보는 사람이 있었다.

'정말 과감하군, 이공자. 대단해. 많이 컸어.'

바츨라브 백작가 사람들이 모인 곳.

그곳에서 한 인영이 웃고 있었다.

아틸라는 계단을 내려갔다.

작은 횃불이 밝히는 지하는 어두컴컴하기 짝이 없었다.

백작가에 위치한 지하 감옥은 그간 반역도에 준하는 범죄자들을 가둬 놓은 곳이다. 제대로 관리가 이루어지지 않아 이곳에서 죄인들이 죽는 경우가 허다했다.

"끄으으으."

"살려 줘. 제발 살려 줘! 날 여기서 내보내 줘!"

살려 달라는 외침을 뒤로하고 아틸라는 계속 걸었다.

지하 감옥의 가장 끝.

그곳에 도달한 아틸라의 입에서 무심한 목소리가 흘러나왔다.

"날 원망하는가? 던커스."

"……."

"원망하거라. 마음껏 원망하거라. 나 역시 그럴 수밖에 없던 내가 너무나 저주스럽다."

아틸라는 솔직하게 자신의 속내를 털어놨다.

감옥 안에 수감했던 던커스가 천천히 고개를 돌렸다. 그의 얼굴에 아무런 감정이 담겨 있지 않았다. 지독한 슬픔은 무심(無心)에 도달한다. 현재 던커스가 그런 상태였다.

"난 수하들을 버렸다."

"어찌…… 왜 그리하셨습니까."

"그것이 너와 내가 사는 길이다."

"제자들이 죽으면 저 또한 산 것이 아니고, 수하들이 죽으면 주군 또한 산 것이 아닙니다."

"아니, 사는 것이다."

"주군……!"

"나는…… 복수를 위해 무엇이든 할 수 있다."

"……."

"백작가? 상관없어. 그깟 백작가가 무너진다고 한들 난 상관없다."

던커스의 눈동자에 놀람이 서렸다.

백작가의 이공자가 할 말이 아니었다.

어찌 백작가가 무너져도 상관없다 말하는가?

"내가 너희를 거둔 것은 백작가를 위함이 아니다. 내가 사는 것은 백작가를 살리기 위한 것이 아니다. 단지······ 복수를 위해 살 뿐이다. 난 당하고는 못 사는 성격이다."

"······."

"날 원망해도 좋다. 아니, 원망해야 한다. 하지만······ 나만을 원망치 말라. 이 모든 일을 계획한 건 그들이고, 일을 이렇게 만든 것도 그들이다."

"······."

"그들을 찾아내 죽여라. 너의 복수를 하란 말이다. 네 제자들을 궁지에 몰아넣은 그들을 죽이고, 그다음에 나를 죽여라. 그리해서 너의 복수를 완성해라."

던커스는 말이 없었다. 아틸라는 무심한 표정으로 그를 바라보았다. 사실 아틸라의 가슴도 터질 것처럼 부글부글 끓었다. 도저히 참을 수 없었다.

'제대로 한 방 먹었군.'

너무나 안일했다.

고스 파벌을 처단하면서부터 일은 일사천리였다.

그들의 실체에 한 걸음 다가갈 수 있었다. 또한 어떤 위협이 닥치든 어쌔신들을 해치운 것처럼 수월하리라 생각했다.

너무 안일했던 것이다.

아틸라는 이번 일을 계기로 정신을 바짝 차리게 됐다.

세상에서 지존을 자처하는 자라면 실낱같은 방심도 용서될 수 없다.

이건 자존심이었다.

아틸라의 자존심!

'그렇다고 해서 변치 않을 것이다. 이 복수극에서 웃는 자는 내가 될 터이니.'

생각을 마친 아틸라는 던커스를 다시 쳐다보았다.

"이번 일은…… 너에게 맡기겠다."

그리고 그날.

던커스는 탈옥했다.

10.
뒷골목의 스콜피온

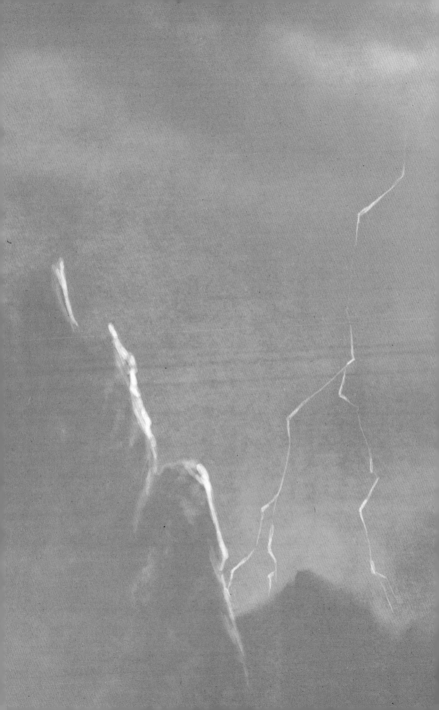

폭풍이 지나간 자리는 고요했다.

딸그락.

"이번엔 홍차를 한번 갖고 왔습니다."

루나가 조심스런 기색으로 탁자 위에 차를 내려다 놓았다. 그리곤 흘깃 아틸라를 바라보았다. 아틸라는 무심한 표정으로 서류들을 살펴보고 있었다.

그 차가운 분위기에 루나는 더 이상 말을 않고 조용히 방을 나갔다.

서걱서걱.

루나가 나간 방에는 펜 놀리는 소리만이 들려왔다.

"한 방 먹었군."

아틸라가 펜을 놀리며 조용히 읊조렸다.

제대로 한 방 먹었다.

그것도 치명적인 한 방이었다.

던커스를 필두로 한 마법사들은 아틸라에겐 더없이 소중한 전력이다.

한데, 이번 사건으로 단박에 무너졌다.

이건 아틸라의 힘으로도 어쩔 수 없었다.

"흑마법사는 세상에서 절대적으로 없어야 하는 존재군."

로마에서도 흑마법사는 경멸의 대상이다.

하나 단지 경멸과 천대의 대상일 뿐이지, 이곳에서처럼 세상에서 없어야 하는 절대적인 악(惡)은 아니었다.

아틸라는 그 점을 놓쳤다.

하기야 그럴 수밖에 없을 법도 했다.

로마와 훈에서의 흑마법은 아틸라와 같이 주술적인 성격이 강했다. 직접적으로 무언가를 파괴한다거나 부수는 힘은 없었다.

하나 이곳의 흑마법은 달랐다.

강력하고 파괴적이었다. 철벽을 일거에 부수고 사람의 목숨을 단숨에 앗아 가는 치명적인 공격력을 지니고 있었다.

당연하게도 흑마법사들은 위험한 존재다.

이들이 반란을 획책하고 마왕의 하수인을 자처한다면 어쩌겠는가.

어찌하여 대륙에서 흑마법사라면 치를 떠는지 알만 했다.

"용서치 않겠다."

뚜욱.

아틸라의 손에 힘이 들어가자 펜이 부러졌다.

부릅떠진 아틸라의 두 눈은 활활 불타오르고 있었다.

그것은 분노!

아틸라의 입가가 실룩였다. 진한 분노가 가슴에서 터질 것처럼 몸부림쳤다.

아틸라는 냉정하다. 하지만 그러면서도 파괴적이고 야만적이고 잔혹하기 짝이 없다. 모든 일을 냉정하고 침착하게 하면서도 원한다면 무섭도록 잔인해지는 인물이었다.

"지금은 침착해야 할 때."

아틸라는 숨을 가다듬었다.

던커스에게 이번 일을 맡겼다.

분노와 복수심으로 점철된 던커스라면 이번 일의 배후를 알아낼 수 있을 것이다.

이번 일은 단지 룩스가 행한 일이 아니다.

그렇다고 해서 누가 룩스 뒤에서 조종하지도 않았다.

신성마법사 홀렌.

그는 지금 이번 공로를 인정받아 황실로 들어갔다.

데이비드 자작가에 있을 때도 그는 룩스가 쉽게 움직일 수 없는 거물이다. 그런 거물을 단번에 움직이게 한 배후가 분명 존재한다.

또한 던커스를 비롯한 마법사들이 흑마법사임을 아는 사람은 아틸라와 로그리스뿐이었다. 백작가의 사람이라고 하더라도 모른단 얘기였다.

"최소한 백작가 내에 있는 인물이다."

아틸라의 두 눈이 흉흉하게 빛났다.

"누구냐. 고스도, 룩스도 아닌 누가 이 일들을 벌였는가."

부족했다.

정보가 부족하니까 결과가 도출이 되지 않는다.

루나와 던커스를 통해 얻는 정보는 한계가 있다.

아틸라의 머릿속에 정보의 필요성이 강력하게 대두되고 있었다. 동시에 또 다른 계획이 세워졌다.

❧

"크악!"

"낄낄낄낄낄! 정말 형편없구나. 너희들이 정녕 바츨라

브 백작가의 기사들이란 말이냐?"

또 한 명의 기사가 피투성이 된 채로 나가떨어졌다.

칠 척 거구의 바스티안이 괴소를 터뜨렸다.

그의 주위로 피투성이가 된 기사 이십여 명이 쓰러져 있었다. 벌레처럼 꿈틀거리긴 했지만 대부분이 의식을 잃었다.

"크윽……."

로그리스는 분한 듯 입술을 깨물었다. 그의 몸엔 수많은 상처가 자리 잡고 있었다. 이미 몸도 피투성이가 되었지만 그만큼은 악착같이 버텨 내고 있었다.

"십 년 전만 해도 바츨라브의 기사들이라면 최강을 다투었건만…… 낄낄낄, 세월이 무상하구나."

바스티안은 그들을 조롱했다.

로그리스를 필두로 한 기사와 수련생의 자존심이 처절하게 짓밟혔다.

할 말이 없다.

벌써 일주일째다.

일주일 전, 아틸라와 같이 나타난 바스티안은 자신들의 교관을 자처했다.

그리고 동시에 기사들에겐 지옥이 시작됐다.

바스티안은 봐주지 않았다. 무식징 검을 휘둘렀고 눈만 마주쳐도 공격해 들어왔다.

몸에 상처를 내는 것에 두려움이 없었다. 단지 죽지 않게끔만 조절할 뿐이다. 만약 그렇지 않았다면 이 자리에 있는 이들 전부 일주일 전에 진작 죽었으리라.

문제는 상처를 입어도 다음 날이면 말짱해진다는 사실이다. 아틸라는 최고급에 달하는 포션을 매일같이 이들에게 사용할 것을 지시했다.

빈사 상태에 빠지더라도 다음 날이 되면 대부분 멀쩡한 상태에서 다시 바스티안에게 당하고 만다.

이것이 일주일 반복되자 로그리스의 가슴엔 독기가 가득 찼다.

억울했다.

자신들이 약한 것이 죄란 말인가.

"그래, 너희들이 약한 것은 죄다. 이 멍청이들아."

로그리스의 마음을 읽기라도 한 듯 바스티안이 똑바로 쳐다보며 웃었다. 싸우기를 좋아하고 강해지는 것을 즐거워하는 바스티안에게 있어서 약함은 죄였다.

"너희들은 약육강식의 세계에서 살고 있다. 근데 너희들은 상대적으로 약자다. 너희들이 상대해야 할 놈들은 강자야. 그럼 잡아먹힐 수밖에 없는 논리가 아니겠느냐."

"우리가 약하고 싶어서 약한 것은 아니오!"

"웃기지 마라. 그럼 아틸라 그놈이나 나는 태어날 때부터 강했느냐? 낄낄낄낄."

"우리도 노력하고 있소. 매일같이 미친 듯이 검을 휘두르고 있소. 하지만……."

"우스운 변명 마라."

슈웅!

바스티안의 말이 끝나기가 무섭게 검이 쇄도해 들어왔다.

"끄악!"

로그리스는 미처 반응할 틈도 없었다. 바스티안의 검 끝이 로그리스의 어깨를 단번에 뚫고 뼈까지 박살을 내버렸다.

로그리스는 비틀거렸다.

"보라."

"……뭘 보라는 것이오. 또 내가 죽을 뻔했다는 것을?"

"난 심장을 찔렀다."

"……!"

"이런 미친 싸움을 하다 보면…… 자신도 모르게 몸이 반응한다. 그것이 굳어지면서 결국 자신의 능력과 실력이 된다. 너희들은 충분히 강해질 수 있다."

로그리스의 두 눈이 커졌다.

그랬다. 분명 바스티안의 검 끝은 왼쪽 가슴을 향해 찔러 왔다. 너무나 빨랐고 강맹한 위력이 담겨 있어서 막을 수도, 제대로 피할 수도 없었다. 단지 몸이 살고자 반응했을 뿐이다.

예전 같았으면 그런 반응조차 못 했을 것이다.

"물론 아직 약하기 짝이 없지만, 낄낄낄!"

푸아악!

바스티안이 고무줄처럼 쭉 늘어남과 동시에 로그리스의 가슴팍이 쩍 벌어졌다.

너무나 빨라서 시각적으로 그렇게 보였다. 로그리스는 그대로 의식을 잃었다. 남은 아홉의 기사도 촌각에 모두 가슴이 벌어지면서 쓰러졌다.

"쯧쯧쯧, 아직 한참 부족해."

"그렇군."

아틸라가 무심한 표정으로 다가왔다. 바스티안의 옆에 서자 상대적으로 왜소해 보였다. 하나 풍기는 분위기만큼은 바스티안을 압도했다. 바스티안은 웃음을 멈추고 아틸라를 바라보았다.

"이들은 한없이 약해. 차라리 룩스 놈이 데리고 있는 녀석들을 친위대로 삼는 것이 어떠냐."

"이미 한 번 주인을 문 개는 어쩔 수 없다. 이들은 적어도 주인을 물지는 않았으니까."

바스티안이 말하는 녀석들은 넬리오 기사단이다. 제1 기사단 도미니언 기사단에 비해 상대적으로 약하다고 평

282 **제왕 아틸라**

가받는 제2기사단이다. 도미니언 기사단이 고스 파벌에 붙어서 피의 숙청을 당했지만, 넬리오 기사단은 룩스와 함께함으로써 현재 백작가의 당당한 제1기사단이 되었다.

적어도 로그리스를 필두로 한 기사와 수련생보단 그들이 훨씬 나았다.

바스티안은 그것을 지적한 것이다.

"하나 이 녀석들은 정말 약해. 네가 말한 그놈들이 어떤 힘을 가지고 있는지는 모르지만……."

"그들은 강해."

"나하고 비교하면?"

"……."

바스티안이 호기심에 찬 눈빛으로 아틸라를 바라보았다. 아틸라는 대답하지 않았다. 사실 그도 제대로 알 수는 없었기 때문이다. 하지만 적어도…….

'너보단 강한 놈들이 여럿 있을 것이야.'

입 밖으로 나오지는 않았다.

바스티안이 어떤 반응을 보일지 눈에 훤했기 때문이다.

"일단 이 녀석들을 최대한 키워라. 적어도 자신만큼은 지킬 수 있게."

"낄낄낄, 그렇다면 시간이 오래 걸릴지도 몰라."

"상관없다. 설령 누가 죽더라도 상관없어. 살아남는 놈이 강할 테니까."

"좋아, 좋아. 낄낄."

바스티안이 맘에 든다는 듯 고개를 끄덕였다.

이로써 내일부턴 사망자가 발생할지도 모를 만큼 격한
수련이 시작되리라.

"그리고 나랑 갈 곳이 있다."

"무슨 일이지?"

"약간만 무력시위를 하면 돼. 별것 아니야."

아틸라의 입가에 섬뜩한 미소가 번졌다.

⚜

바츨라브 영지.

남부를 지배하는 철옹성인 만큼 규모가 어마어마하다.
그런 곳에는 자연히 더러운 곳이 생기기 마련이다.

수많은 범죄자들, 도둑, 살인범, 창녀, 도박꾼이 모여
드는 뒷골목.

그런 뒷골목에는 그들만의 세계가 존재한다.

또한 그 세계에서 자신만의 입지를 다지고 군림하는 자
들이 생겨난다.

그중 악녀(惡女)가 있다.

사람들은 부른다.

악녀(惡女) 스콜피온.

"스콜피온은 어디 있지?"

골렘은 다짜고짜 스콜피온의 행방을 찾는 청년을 보고 기가 막혔다.

여긴 자신의 구역이다.

스콜피온은 자신의 적이다. 그런데 이곳에 와서 스콜피온을 찾는가? 골렘은 고개를 좌우로 꺾었다.

2m에 달하는 덩치는 청년을 따라온 칠 척 거구의 노인에 비해 꿀리지 않는다. 아니 오히려 근육으로 꽉 찬 골렘이 더 우람해 보였다.

"허, 이 어린놈이 여기서 그년을 찾아?"

골렘은 주먹을 쥐었다.

그는 열세 살 때 황소를 맨손으로 때려잡아 그 타고난 괴력을 인정받았다. 그래서 그의 별명도 골렘이 아닌가?

뒷골목에서 스콜피온과 함께 양대 산맥을 이루는 이가 바로 그였다.

"뒷골목에서 가장 강한 자가 스콜피온이라고 들었다. 어디 있는가?"

그 말이 골렘의 자존심을 건드렸다.

"뭐, 뭣? 어떤 새끼가 그래? 뒷골목의 왕은 나라고. 나!"

"내 인내심을 시험하지 마라. 어디 있나?"

"그럼 잘못 찾아왔다. 이 자식아!"

슈웅!

골렘은 주먹을 날렸다.

푸악!

"끄아아악!"

비명을 지른 건 청년이 아니었다. 골렘이었다. 골렘은 찢어질 것 같은 비명을 내질렀다. 뻗어 냈던 자신의 주먹이 바닥에 뒹굴고 있는 것이 아닌가.

그의 오른 손목에서는 핏물이 콸콸 흘렀다.

"끄으윽, 끄아악!"

골렘의 두 눈에 공포가 어렸다.

청년은 가만히 있었다. 뒤에 있던 노인이 어느새 검을 뻗어 왔다. 보지도 못했다. 그저 키 때문에 힘 좀 쓰겠다 싶은 노인이었다. 오히려 계속 웃고 있기 때문에 노망난 노인이라고 생각했다. 그런데…….

뒤에 있는 노인이 저럴진대, 앞에 있는 청년은 얼마나 더 무서운 인물이란 말인가.

"다시 묻지, 스콜피온 어디 있나?"

"끄으으윽……."

공포, 그리고 충격과 고통에 골렘은 말하지 못했다.

청년은 무심한 표정으로 골렘의 가슴팍에 발을 올렸다.

꾸우우욱.

"커허어억!"

"갈비뼈가 부서지고 심장이 터지기 전에 말해라."

"그, 그녀는 반대편 돈스텔이란 술집에……."

청년은 그제야 발을 치웠다. 골렘은 죽다 살아난 것처럼 숨을 몰아쉬었다.

"스콜피온한테 가서 전해. 곧 주인 될 자가 온다고."

"그 무슨……?"

"아틸라. 뒷골목의 주인이 될 자가 온다고. 그게 바로 나야, 아틸라."

아틸라!

그가 뒷골목에 나타났다.

"푸하하하. 그거 정말 웃긴 소리일세."

"그니까 말이야. 뭐 뒷골목의 주인이 될 자가 온다고?"

"골렘이 미친 것이 분명하군!"

스콜피온의 아지트에 모인 간부들은 들려온 소식에 웃음을 터뜨렸다.

불과 몇 시간 전, 골렘이 아지트에 편지를 부쳤다.

곧 뒷골목의 주인 될 자가 온다고, 준비를 하라고 말이다.

하나 스콜피온의 간부들은 비웃었다. 지금껏 뒷골목에 수많은 사람들이 존재했지만 뒷골목의 주인은 등장하지 못했다. 심지어는 권력을 쥐고 있는 권력가들이 뒷골목을 접수하고자 했었다. 그들은 권력으로 일시적으로 뒷골목을 접수했지만, 얼마 가지 못했다.

뒷골목만큼 험하고 거친 곳은 전장밖에 없다.

이곳을 접수하기란 어려운 일이다. 권력? 돈? 힘? 이 세 가지가 모두 필요할 것이고, 그것도 압도적이어야만 한다. 정말 말로 표현할 수 없을 정도로 압도적!

그러나 꼭 그렇지 않아도 뒷골목의 주인이 될 자가 나타날 거라고 스콜피온의 간부들은 믿고 있다.

바로 자신들의 주인인 악녀 스콜피온 말이다.

"정말 우스운 말 아닙니까? 헬란 님?"

헬란.

그것이 뒷골목에서 악명이 자자한 스콜피온의 이름이었다.

간부들과 달리 헬란은 심각한 표정이었다.

푹신한 시트에 앉은 채 다리를 꼬고 있는 그녀는 한없이 고혹적이었다. 갈라진 치마사이로 드러나는 매끄러운 허벅지와 아름다운 각선미, 그리고 잘록한 허리와 풍만한 가슴은 누구나 침을 흘릴 정도로 아름다웠다.

"그렇게 웃음으로 치부할 일은 아니야."

"그 무슨?"

"골렘은 무식하지만 당당한 놈이야. 자신의 힘을 믿고 남에게 수그리지 않는 놈이라고. 그런 놈이 주인이 오니까 준비를 하라고 했다고?"

"그렇다면 골렘이 다른 수를 쓴다는 것입니까?"

"꼭 그렇지만은 아니야. 골렘은 무식하거든."

"그럼……."

"진짜 골렘을 공포에 떨게 했던, 그 주인 될 자…… 아틸라라고 했나? 그가 올지도 모르지."

헬란은 곰곰이 생각에 잠겼다.

그녀는 제국의 정보기관 출신이었다. 바로 정보요원이 그녀의 전 신분이었다. 여러 정보를 캐내는 와중, 그녀는 큰 실수를 저질러서 처형선고를 받게 되었다. 그때 도망쳐서 그녀는 지금 이곳까지 오게 되었다.

제국의 전문 교육을 받았고, 가진 바 능력도 뛰어날 뿐더러 그녀는 자신의 직감을 믿었다.

정보요원에겐 직감이란 유용하고 최후의 보루였다.

그 직감이 말하고 있었다.

지금은 예사 상황이 아니라고.

그리고 그 직감은 현실로 나타났다.

"세한 님, 일이 터졌습니다."

"무슨 일이지?"

가장 말단에 있는 간부 세한은 다급한 표정으로 들어오는 부하를 보고 고개를 갸웃했다.

"웬 미친놈이 스콜피온님을 만나러 왔다고 하면서 길을 열라고 합니다."

"누군지 확인했나?"

"모르겠습니다. 그저 체격 좋은 청년하고 키가 무지 큰 노인네였습니다."

"……!"

순간 세한은 뒤통수를 맞은 듯 머리가 멍해졌다.

골렘의 편지에 묘사된 그의 행색과 똑같았기 때문이다.

"무슨 일이지, 세한?"

헬란이 굳어지는 세한의 표정을 보고 물었다. 세한은 애써 불길함을 떨쳐 내고 웃으며 말했다.

"그저 미친놈들이 밖에서 소란을 피우고 있답니다. 금방 처리될 겁니다."

실제로 그렇게 생각했다.

조금 불길하긴 했지만 스콜피온의 아지트는 요새나 다름없었다. 확인 절차를 통하지 않고 침입하면 수많은 함정에 위협받는다. 뿐만 아니라 곳곳에 매복해 있는 문지기들은 하나같이 실력이 뛰어난 어쌔신들이다. 전문 어쌔신 길드에서 여기까지 흘러 들러온 그들은 충분히 침입자들을 제거할 수 있으리라.

그렇게 생각하자 세한은 마음이 안정되었다.

하나 연이어 들려오는 소식에 세한도 흔들렸다.

"1차 저지선을 통과했다고 합니다!"

"천장에 매복해 있던 어쌔신들이 속수무책으로……!"

"놀란스 녀석들이 문을 잠그고 막아 봤지만 모두 다 소용없……."

파죽지세!

그제야 세한은 일이 잘못됐음을 깨달았다.

세한의 얼굴이 새파랗게 질리자 헬란도 일이 심상치 않게 돌아감을 느꼈다.

"무슨 일이야! 세한!"

"그, 그것이 침입자가 너무 빠른 속도로 접근해 오고 있다고."

"몇 명인데 그래? 골렘 녀석들이야?"

"두, 두 명……."

"뭐?"

헬란을 비롯한 간부들은 순간 얼빠진 표정을 지었다.

고작 두 명의 침입자에게 뒷골목에선 요새라고 불리는 스콜피온의 아지트가 속수무책으로 뚫리고 있단 말인가.

간부 대부분들은 이 말도 안 되는 보고를 믿어야 하나 말아야 하나 여겼다. 그러나 헬란만큼은 아니었다. 가슴을 꽉 죄이는 불안감, 그리고 직감.

그것이 지금을 말하는 것이 아닐까?

스콜피온은 허리춤에 매고 있던 채찍을 꺼내 들었다.

헬란이 채찍을 꺼내 들자 간부들의 표정에 긴장감이 서렸다.

스콜피온이 채찍을 꺼냈다!

그것은 뒷골목에 피바람이 분다는 의미와 일맥상통했다.

그때였다.

피투성이가 된 수하가 뛰어 들어오며 소리쳤다.

"피, 피하십시오! 어느새 놈들이…… 아악!"

쾅!

수하의 말이 끝나기도 전에 문이 거칠게 부서졌다. 문이 부서지자마자 간부들은 검을 뽑거나 비수를 던졌다.

슈슈수슝!

좁은 문!

그곳으로 들어오는 침입자! 그리고 소나기처럼 쏟아지는 검과 비수들!

간부들은 자신들이 갖고 있는 모든 비수를 쏟아부었다.

파파파팍!

벽과 바닥에 세차게 꽂히는 소리가 연이어 들려왔다.

얼마나 쏟아부었을까.

먼지가 자욱해서 한 치 앞이 보이지 않았다.

간부들은 죽었으리라 생각했고, 의심조차 하지 않았다.

세상에 좁은 문틈에서 쏟아지는 비수를 어찌 다 피하겠는가.

하나 헬란은 여전히 굳은 표정이었다.

'아무런 소리도 들리지 않았어.'

그토록 많은 비수가 쏟아졌다.

한데 기합이나 비명, 신음 따위는 전혀 들리지 않았다.

이것이 무엇을 의미하는가.

시간이 지나면서 먼지가 점차 사라졌다. 간부들은 눈을 크게 뜨고 바라봤다. 한데……

"뭐야?"

"어디 갔어?"

아무도 없었다. 수많은 검과 비수들이 바닥에 빼곡히 처박혀 있었다. 아무도 없었다. 마치 애초에 아무것도 없는 것처럼 고요하기만 했다.

그때였다.

서걱!

"끄아아악!"

가장 앞에서 상황을 보던 세한의 어깨가 뎅강 잘려 나갔다. 동시에 옆에 있던 간부 둘의 허리가 베어졌다.

무언가 대처하기도 전에, 정말 극히 짧은 시간에 일어

난 일이었다.

"낄낄낄. 한심하군. 밖에 있던 어쌔신들은 제법 매섭기라도 했지⋯⋯."

바스티안이 웃음을 흘리며 안으로 들어섰다. 외팔에 들고 있는 그의 검에는 피가 뚝뚝 흘러내리고 있었다.

"네가 스콜피온인가?"

바스티안의 뒤를 따라 천천히 걸어 들어오는 아틸라는 헬란을 바라보며 말했다.

헬란은 입술을 깨물었다.

'강자다!'

자신이 어찌할 수 없는 강자라는 생각이 들었다.

바스티안만 해도 그렇다. 거구에 외팔이 검사인 바스티안은 척 봐도 위협적이었다. 보아하니 간부 셋을 순식간에 제거했던 것도 바스티안의 솜씨이리라. 도저히 자신이 감당해 낼 수 없는 실력이 분명했다.

바스티안이 그럴진대⋯⋯.

그 뒤를 걸어 나오는 아틸라는 어떻겠는가?

헬란은 직감적으로 느꼈다. 아틸라와 바스티안의 관계를 말이다.

하지만⋯⋯.

'이대로 포기할 수는 없어.'

뒷골목에서 이만큼의 세력을 일구느라 얼마나 고생했던가.

헬란은 채찍을 쭉 뻗었다.

그의 채찍술은 전갈과 같았다. 전갈이 단 한 번의 독으로 치명적인 일격을 가하는 것 같았다. 채찍엔 가시가 빼곡히 나 있었다.

푸악!

채찍이 비틀어지면서 아틸라의 머리를 향해 떨어졌다.

꽈악!

아틸라는 무심한 표정으로 채찍을 한 손으로 잡았다.

헬란은 회심의 미소를 지었다.

가시에는 극독이 발라져 있었다.

코끼리도 즉사시킨다는 극독!

극독은 은밀하지 않았다. 화려했다. 건장한 성인에게 극독이 침투되는 순간, 한 번 호흡하기도 전에 목숨이 끊긴다. 스콜피온이 뒷골목의 악녀가 될 수 있었던 가장 강력한 무기였다.

하지만…….

"한심하군."

아틸라는 냉막한 미소를 보여 줬다. 헬란의 가슴이 철렁 내려앉는 기분이었다.

"까악!"

아틸라는 그대로 채찍을 잡아당겼다.

괴력이었다.

헬란은 그대로 휩쓸려 간 채로 바닥에 처박혔다.

"헬란 님!"

간부들이 급히 몸을 던졌다. 그들은 목숨을 부지하지 못했다. 아틸라의 배틀액스가 하늘을 쪼개듯 떨어졌다.

푸아악!

일격!

한 번의 휘두름에 하나의 목숨은 반드시 사라졌다.

초개처럼 몸을 던진 간부들의 몸이 모조리 갈렸다.

"네가 스콜피온이지?"

"끄으윽!"

"말해!"

퍼어억!

아틸라는 헬란의 멱살을 잡고 그대로 얼굴을 가격했다. 헬란의 고개가 90도로 홱 돌아갔다. 입술이 터지고 이빨이 깨져 나갔다.

"맞, 맞아."

"스콜피온이여! 듣지 못했는가? 주인이 될 자가 온다고!"

아틸라의 목소리가 천둥처럼 울렸다.

헬란의 몸이 사시나무처럼 떨렸다.

"나는 너의 주인, 아틸라다."

아틸라는 흥분을 가라앉히고 헬란을 내려다 놓았다. 헬

란의 눈엔 독기가 서려 있었다. 땅에 내려놓아지자마자 헬란은 그대로 소매에 숨겨 놨던 비수를 꺼내 쭉 뻗었다.

"끄아아악!"

뿌각.

헬란의 손목이 90도로 비틀어졌다. 헬란의 입에서 끔찍한 비명이 터졌다.

"끄으윽."

아틸라는 무심한 표정으로 헬란을 바라보았다.

"명을 내리겠다. 뒷골목의 암흑세계를 통합해라."

"……."

"그리고 바츨라브 백작가의 모든 정보를 수집해라. 누가 몇 시에 죽고 사는지, 어디 사는 누가 불륜을 저지르는지 세세한 것 하나하나까지. 너희들은 나만의 정보기관이 되어야 한다."

"미친놈…… 퉤!"

아틸라의 얼굴에 누런 가래침이 뱉어졌다. 헬란은 독기 서린 표정으로 아틸라를 노려보았다.

헬란!

악녀 스콜피온!

그녀는 죽음이 두렵지 않았다. 어차피 진작 죽었어야 했을 목숨이었다. 제국의 정보기관에 쫓겨 여기 숨어들었을 때, 그녀는 처절한 독기로 무장되어 있었다.

까짓것 죽으면 어떤가?

그녀는 이곳의 왕이 되고 싶었다.

암흑세계의 왕!

그런데 그것을 모조리 갖다 바치라니? 차라리 죽고 말겠다.

그것이 헬란의 생각이었다.

"그런가…… 좋아."

아틸라의 입가가 호선을 그렸다.

그리고…….

헬란이 본 건 무저갱처럼 처절한 공포의 터널과 같은 두 눈동자였다.

⚜

한 달이 흘렀다.

그동안 로그리스를 필두로 한 기사와 수련생은 장족의 발전을 했다.

고작 십오 분이면 모조리 바스티안에게 나가떨어졌던 그들이 어느새 한 시간을 버텼던 것이다. 그것만 해도 장족의 발전이었다. 물론 아직 바스티안의 옷깃조차 스치지는 못했지만…….

"손님이 찾아왔습니다, 아틸라 이공자님."

루나가 홍차를 가져다 놓으며 말했다. 아틸라는 묵묵히 고개를 끄덕였다.

끼익.

"들어오시래요."

"그래."

루나는 불쾌한 표정을 지었다. 방 안으로 천천히 들어가는 여인은 루나보다 월등히 키가 컸다. 또각또각 구두 소리를 내는 여인이 마음에 들지 않았다. 훤칠했다. 터질 것 같은 둔부에 잘록한 허리, 치마 사이로 언뜻 드러나는 각선미는 같은 여자인 루나가 봐도 아름답고 무척이나 고혹적이었다.

그런 그녀가 아틸라를 며칠 전부터 계속 찾아온다는 사실에 꽤히 심술이 났다.

"왔나."

"그간 무탈하셨는지요."

"더 공손해졌군, 좋아."

"호호."

아틸라는 이채를 띤 눈빛으로 그녀를 바라보았다.

그녀의 정체를 안다면 분명 놀랄 사람이 많았다.

그 누구에게도 굴하지 않는다는 뒷골목의 여왕 스콜피온!

바로 헬란이었다.

그때 헬란은 아틸라의 탈혼안에 정면으로 맞섰다.

하나 바스티안의 싸움 이후 장족의 발전을 거듭했던 아틸라의 탈혼안은 전보다 훨씬 강력했다. 헬란은 탈혼안에 굴복했다. 물론 완전히 굴복한 것은 아니었다. 그때 아틸라는 당근을 줬다. 채찍을 줬으니 당근으로 유혹해야 함이 옳지 않겠는가.

아틸라는 온전히 암흑세계를 그녀에게 맡긴다고 했다. 단지 자신에게 정기적으로 보고를 하고, 원하는 정보를 주기만 하면 된다고 했다.

그 외에 뒷골목의 세상엔 아무런 행사를 하지 않겠다고 했다.

끊임없는 탈혼안과 당근의 유혹.

끝내 독기로 무장되었던 스콜피온 헬란은 아틸라에게 넘어왔다.

그동안 헬란은 뒷골목을 통합했다.

본래 그들만의 힘으로는 어찌할 수 없다. 하나…… 아틸라가 나서니 일이 달라졌다. 아틸라는 그저 바스티안을 보냈을 뿐이다.

그랬더니 일이 일사천리였다. 뒷골목에서 바스티안을 감당해 낼 존재는 없었으니까.

"그래 보고서는?"

"말씀하신 보고서는 여기 있습니다."

헬란은 두툼한 책 한 권을 책상 위에 올렸다.

책을 한 번 훑어본 아틸라의 입가에 만족스런 미소가
지어졌다.

"좋군, 만족스럽다."

"이제 더 내리실 명령은 없나요?"

"없다. 대신 헬란……."

"예?"

"난 주인을 무는 개는 용서치 않는다."

"……!"

헬란은 아무 말이 없었다. 아틸라가 웃었다.

"그만 나가 보도록."

명백한 축객령. 헬란은 공손히 고개를 숙이고 밖을 나
갔다.

"악녀 스콜피온. 저런 류는 절대 누구 밑에 있지 않는
다. 바스티안처럼 말이야."

독기로 처절하게 무장된 사람이다. 굴복했을지언정 정
신마저 무너지지는 않는다. 헬란은 분명 암흑세계의 여왕
이 된 이후 딴마음을 먹을 것이다.

아틸라는 그것을 경고했다.

지금 아틸라와 헬란의 관계는 딱 이 정도가 좋았다.

뛰어난 제왕과 그 밑의 충성스런 수하?

헬린은 누구의 수하가 될 만한 녀석은 아니었다.

단지…… 딱 지금처럼만.

서로 이용하는 관계.

헬란은 뒷골목을 통합하기 위해 아틸라의 힘이 필요하다. 아틸라는 그들을 상대하기 위해서 헬란이 갖고 올 수 있는 정보력이 필요하다.

얼핏 보면 헬란이 완전히 굴복해서 아틸라의 수하가 된 것처럼 보이지만…… 실상은 서로 견제하고 이용해 먹고 있는 것이다.

"헬란, 물론 네가 도가 지나치면 나는 거침없이 널 벨 것이야."

아틸라는 단호했다. 만약 이 관계를 무시하고 주인을 문다면…… 아틸라는 거침없이 그녀를 죽일 생각이었다. 그건 바스티안도 마찬가지였다. 바스티안 역시 아틸라에게 굴복한 것이 아니었다. 아직 힘이 부족해서 그의 곁에 머무르고 있을 뿐.

만약 아틸라를 이겨 낼 수 있는 힘이 있다면 언제든지 떠날 존재였다.

하나 아틸라는 상관없었다. 지금 급한 것은 적들을 상대하는 일이었다. 그리고 나서 자신은 로마로 갈 것이니까.

"어디 보자."

아틸라는 헬란이 갖고 온 책을 면밀히 살폈다.

백작가의 수많은 가신들에 대한 정보가 담겨 있었다. 또한 그들의 비리 역시 많았다. 이것은 살생부나 다름없었다. 가신들의 목숨을 움켜쥘 살생부!

하나 필요 없다.

지금 아틸라에게 필요한 건 그들의 존재였다.

"과연 누구냐. 누가 홀렌을 불렀고, 흑마법사를 색출하
게끔 유도했느냐."

과연 누구인가.

시간이 흘렀다.

해가 지고 달이 떴다. 다시 달이 지고 해가 떴다.

그동안 아틸라는 수많은 가신들의 특징을 생각하고 또
생각했다.

끊임없는 고찰!

그리고 도출되는 하나의 결론······.

탁!

책이 덮어졌다.

두 눈을 감은 아틸라의 입가가 호선을 그렸다.

"너였군."

〈『제왕 아틸라』 제2권에서 계속〉

제왕
아틸라

1판 1쇄 찍음 2012년 8월 6일
1판 1쇄 펴냄 2012년 8월 8일

지은이 | 이충민
펴낸이 | 정 필
펴낸곳 | 도서출판 **뿔미디어**

편집장 | 이재권
기획 · 편집 | 주종숙
편집디자인 | 이진선
관리, 영업 | 김기환, 임순옥

출판등록 | 2002년 9월 11일 (제1081-1-132호)
주소 | 부천시 원미구 상3동 533-3 아트프라자 503호 (우)420-861
전화 | 032)651-6513 / 팩스 032)651-6094
E-mail | BBULMEDIA@hanmail.net
홈페이지 | www.bbulmedia.com

값 8,000원

ISBN 978-89-6639-807-2 04810
ISBN 978-89-6639-806-5 04810 (세트)